Autumn

Ali Smith

秋

アリ・スミス
木原善彦 訳

CREST BOOKS
Shinchosha

秋

AUTUMN
by
Ali Smith

Illustration by Sora Mizusawa
Design by Shinchosha Book Design Division

春は最後にやって来る
刈り入れの季節のいちばん最後に！
ウィリアム・シェイクスピア
（『テンペスト』第四幕第一場）

現在の勢いで土壌が衰えていくとすると、
イギリスで作物が収穫できるのはあと百回と考えられる。
ガーディアン紙、二〇一六年七月二十日付

私たちは草のように緑になり、日の当たる麦畑に寝転ぶ
オジー・クラーク

私がこの世であなたと幸せに暮らす運命だとしたら――
たとえどれだけ長生きしたとしても、人生のいかに短いことか。
ジョン・キーツ

私を優しく分解しておくれ
W・S・グレアム

1

それは最悪の時だった。最悪の時。またしても。いつもそうだ。すべてはばらばらになる。今までも。これからも。それが自然。そして、とても年を取った老人が浜に打ち上げられる。まるで空気が抜けて、縫い目がほどけたフットボールみたい。百年前に使われていた古い革製の。海は荒れていた。そのせいでシャツが脱げていた。生まれたままの姿、と考えている頭を動かすと首が痛む。だから頭は動かさないようにする。口の中にあるのは何だろう。砂利？　砂だ。舌の下に入っているのが感触で分かる。歯を噛み合わせたときには音が聞こえる。砂の歌を歌う声が。私は小さな砂粒、でも、すべては最後に私になる、転ぶあなたを優しく受け止め、太陽の光に輝き、風に運ばれてごみを覆う。メッセージを入れて海に流すガラス瓶も、元は私でできたもの。もっとも収穫が難しい穀物《グレイン》、いちばん硬い粒子《グレイン》

歌の歌詞がこぼれる。老人は疲れている。口と目の中にあるのは、砂時計のくびれた部分に残る最後の砂だ。

ダニエル・グルック。ついにおまえの運は尽きた。

彼は両まぶたがくっついている目に力を入れ、片方を開ける。ところが——

ダニエルは砂と小石の上で上半身を起こす

——これがそうなのか？　本当に？　これが？　死？

彼は額に手をかざす。とてもまぶしい。

照りつける太陽。でも、ひどく寒い。

そこは小石混じりの砂浜だ。風は強い。確かに日は当たっているが、太陽からの熱は伝わってこない。しかも裸。寒いのも当然だ。改めて自分の姿を見ると、年老いた体のままだ。傷めた膝もそのまま。

人は死んだら蒸留されるのだと彼は想像していた。腐った部分は取り除かれて、雲のように身が軽くなるのだ、と。

結局はどうやら、死んだときのままで浜に打ち上げられるらしい。

知らなかった、とダニエルは思う。知ってたら二十歳か二十五歳で死ぬようにしたのに。

万全の体調で。

それか、ひょっとして（と彼は考えながら、顔を手で隠す——鼻の穴に入ったものをほじる姿、あるいはほじくり出したものを眺める姿を見た人が気分を悪くしたりしないように。やはり砂だ。美しい細部。粉砕された世界も美しく彩られている。彼はそれを指で弾き飛ばす）これが実際に蒸留された私なのかも。だとしたら、死って残念。

死の世界さん、どうもお邪魔しました。これで失礼いたします。生の世界に戻らなきゃなりませんので。

彼は立ち上がる。立ち上がるのは痛くない。少ししか。

さて、どうする。

家に帰る。どっちだろう？

後ろを振り返る。海、海岸、砂、小石。背の高い草、砂丘。砂丘の向こうは平地。平地の向こうは木、林、そしてまた海。

海は妙に凪いでいる。

そのとき、今日はいつもより目がよく見えていることに彼は驚く。

つまり、林が見えるだけではなく、木の一本一本が見えるだけでもなく、木の葉の一枚一枚が見えるというだけでもない。葉と枝を結ぶ葉柄までが見える。

まるでカメラのズーム機能を使っているみたいに、砂丘に生えている草の先に付いた種子に焦点を当てることもできる。今も、自分の手を見るとき、単に手に焦点が合うだけでなく、砂の一粒一粒が側面まではっきり見える。しかも、（手が額まで上がって）眼鏡をかけていないのに？

さてと。

彼は脚と腕と胸から砂を払い、その後、手も払う。そして、体から離れ、宙に舞う砂粒を見つめる。彼は手を伸ばし、足元の砂をすくう。見よ。その数を。

コーラス：

手の中にいくつの世界を持てるのだろう。

一握の砂の中に。

（繰り返し）

彼は指を広げる。砂がこぼれる。

立ち上がってみると、腹が空いている。死んでいるのに腹が空くなんておかしくないか？　おかしくない。腹を空かせた幽霊が人間の心臓や脳を食べる話はいくらでもある。彼はまた後ろを振り返り、元と同じ海の方を向く。ボートには五十年以上乗ったことがない。最後に乗ったのも、実はボートとは言えない。川に浮かべたパーティー会場、奇をてらっただけのバーだった。彼はまた砂と小石の上に腰を下ろす。しかし、あそこの骨が痛む。浜の向こうに女の子がいるので下品な言葉は使いたくないのだが、その痛さは――

女の子？

そう、女の子の周りを別の少女たちが取り囲んで、古代ギリシア風の踊りを踊っている。少女たちはすぐそこにいる。そしてだんだんと近づいてくる。

まずい。こっちは裸だ。

先ほど見た自分の老いた体を新しい目で改めて見ると、自分が死んでいるのが分かる。死んでいるに違いない。きっと死んでいる。というのも、前に見たときとは違っているからだ。体は前よりよくなっている。悪くない体だ。そして、とても見慣れた感じがする。自分の体によく似ているのだが、若い頃の雰囲気。

そばに少女がいる。少女たち。甘く深いパニックと羞恥心が彼を襲う。彼は背の高い草が生えた砂丘に向かって駆けだす（走れる、本当に走ることができる！）。草の茂みからそっと振り返り、誰にも見られていないこと、誰にも後を追いかけられていないことを確認する。そしてまた立ち上がり、平地を越えて林を目指す（またしても！　息が切れることもない）。

林の中なら身が隠せる。

体にまとうものも、ひょっとしたらあるかも。でも、この純粋な喜び。彼はそれがどんな感じなのか忘れていた。感じるということが。裸の格好で美しい人の近くにいると考えただけで、何かを感じる。

そこに小さな木立がある。彼は木立に入る。完璧だ。日陰になった地面には、敷物のように落ち葉が積もっている。彼の足（若くてきれいな足）の下にある葉は乾いてしっかりしている。木の下の方の枝は、まだ鮮やかな緑色をした葉でびっしりと覆われている。見ろ。体に生えている毛も黒に戻っている。真っ黒な体毛が腕の先まで生え、胸から下腹部にかけても。あ、体毛が濃く《シック》なっているばかりではない。他のものも太く《シック》なっている。見ろ。

間違いない。これは天国だ。

とりあえず、失礼のないようにしなければ。

ここに寝床を作ろう。様子《ベアリング》が分かるまでここにいればいい。裸になること《ベア・リング》（駄洒落は貧乏人が使うお金。懐かしき《プア・オールド》哀れなジョン・キーツ。彼は確かに貧乏《プア》だったが、年老い《オールド》たとは言えなかった（詩人キーツは二十五歳で亡くなっている）。秋の詩人。冬のイタリア。数日後に死を迎える彼はまるで明日がないみたいに駄洒落を連発した。哀れ《プア》な男。実際、明日はなかった）。夜は寒さをしのぐために、落ち葉で体を覆えばいい。死後の世界に夜なんてものがあるのならの話だが。そしてあの女の子、女の子たちがこれ以上近寄ってくるようなら、恥をかかないように、体の上に一メートルほど落ち葉をかぶせよう。

品格。

失礼のないようにふるまうことが肉体的なものと関係しているのを彼は忘れていた。体を流れる甘い品格の感触。想像でしかないが、それは驚いたことに花の蜜《ネクター》を飲むときのようだ。ハチドリのくちばしが花冠に入るときのよう。そんな豊かさ。そんな甘さ。ネクターと韻を踏む単語は？　後で葉っぱを使ってスーツを作ることにしよう。そう考えた途端、手の中に針と、小さなボビンに巻いた金色の何かが現れた。ほら。私はやっぱり死んでいるのだ。間違いない。とはいえ、死んでいるっていうのも悪くない。現代の西洋では、死はずいぶん悪いもののように言われているけれども。誰かが言ってやればいい。誰かが教えてやるべきだ。誰かを急いで現世に送るべきだ。それがどこにあるにせよ。ネクターと韻を踏むのは、〝彼女を思い出す《リコレクト・ハー》〟。〝監督《ディレクター》〟。〝彼女を好きになる《アフェクト・ハー》〟。〝彼女を無視する《ニグレクト・ハー》〟。〝嘘発見器《ライ・ディテクター》〟。〝フィルム・プロジェクター〟。〝収集家《コレクター》〟。〝反対者《オブジェクター》〟。

彼は頭のそばにあった枝から緑色の葉を一枚、手に取る。もう一枚。二枚の縁を合わせて、何て言うんだっけ、ランニング・ステッチ？　ブランケット・ステッチ？できれいに縫い合わせる。

ほら。縫物もできる。生きているときはできなかったのに。死。死は驚きに満ちている。彼は重なり合った葉を摘む。そして地面に腰を下ろして、縁を合わせ、縫う。一九八〇年代、パリの真ん中で棚に並べてあったのを買ったあの絵はがきを覚えているだろうか？　公園にいる少女の写真。少女は落ち葉にくるまれているみたいに見えた。戦後間もない白黒写真。落ち葉をまとって公園に立ち、目の前の葉や木々を見ている子供を背後から撮った写真。でもその写真は、魅力的《フェッチング》であると同時に悲劇的でもあった。その子供と落ち葉には、何かひどく異様なところがあった。女の子が着ているぼろに似た異様さ。とはいえ、そのぼろはぼろではなく、落ち葉だった。だからそれは、魔法と変成を扱った写真でもあった。とはいえ、ひどい時代からあまり時間が経っていない時期に撮影されたものなので、やはり初めてぱっと見たときには、落ち葉の中で遊んでいただけの子供が連れ去られ、捨てられたようにも見える写真（そう思うと胸が痛い）

　あるいはひょっとすると、核兵器でやられた子供のようにも見える。葉は、ぼろに変わった皮膚のように体からぶら下がっている。まるで皮膚はただの葉っぱにすぎないかのように。

　というわけで、その写真は別の意味でもフェッチングだった。写真に写る生き霊《フェッチ》みたいに。あの世からあなたを迎えに来る生き霊《フェッチ》。カメラの目が瞬きを一つしただけで（撮影した写真家の名前はどうしても思い出せない）、葉にくるまった子供はそうしたすべてのものになった。悲しくて、つらくて、美しくて、滑稽で、恐ろしくて、暗くて、明るくて、魅力的で、おとぎ話みたいな、民話みたいな、真実。より平凡な事実としては、別のある女性と一緒に愛の街を訪れたときにその絵はがきを買ったということ（エドゥアール・ブーバだ！　写真を撮ったのは）。彼はその女性に愛してもらいたいと望んだが、愛してはもらえなかった。もちろん、望みは叶わなかった。彼女は当時、四十代。彼の方は六十代後半。いや、正直言うと七十近かった。それにどのみち、彼も彼女を愛していたわけではない。本当の意味では。深刻なミスマッチ。年齢とは無関係。ポンピドー・センターのデュビュッフェの奔放な絵に感銘を受けた彼が、敬意を示すために靴を脱ぎ、絵の前にひざまずいていたら、ソフィー何とかという名のその女性が驚いて、空港へ向かうタクシーの中で、あなたのような年配の人が、いくら現代的な美術館であっても、ああいう場所で裸足になってはいけませんよ、と言ったのだった。

実際、彼女について今思い出せるのは、あのとき彼女に送った絵はがきは大事に取っておけばよかったと後になって思ったということだけだ。

彼は絵はがきの裏に、「年老いた子供より愛を込めて」と書いた。

彼はいつも、あの写真を探している。

結局、二度と見つからなかった。

そして絵はがきを大事に取っておかなかったことをずっと後悔している。

もう死んでいるのに後悔？　死んだ後に、過去のことを？　自我というがらくた屋からは、いつまで経っても逃れられないのか？

彼は木立の中から陸の縁、そして海を見る。

さて。ここがどこであれ、ここに来たおかげでおしゃれな緑のコートが手に入った。

彼は葉っぱの服を身にまとう。サイズはぴったり。新鮮な葉の匂いがする。この腕前ならいい仕立屋になれるかもしれない。いいものができた。なかなかの見栄えだ。母もこれを見れば、喜んでくれるだろう。

やれやれ。死んだ後にもまだ母というものがいるのだろうか？

彼はまだ子供で、木の下で地面に落ちたトチの実を拾っている。鮮やかな緑色をした棘のある殻を割り、蠟のような組織の中から茶色に光る丸い実を取り出し、帽子に集める。そしてそれを母のもとに届ける。母は幼い赤ん坊を抱いている。

馬鹿なことを言わないで、ダニエル。この子には食べられないわ。その実は誰も食べない。苦いから、馬だって食べない。

ダニエル・グルック。七歳。きれいな服装。貧しい人がたくさんいる世の中であなたは幸運だ、といつも言われている彼は、トチの実で汚すべきでなかった高級な帽子を見下ろし、つやつやしていた実がくすむのを見ていた。

死んだ後でもまだ、苦い思い出。

気が沈む。

気にするな。元気を出せ。

彼は立ち上がる。この格好ならもう恥ずかしくない。周りを見て、大きな石と、ちょうどいいサイズの枝を見つけ、また木立に戻るときのために、扉の場所が分かるようにしておく。

彼は鮮やかな緑色のコートを着て林を出て、平地を横切り、浜辺へ向かう。

だが、海は？　海は静かだ。まるで夢の中の海のように。

少女は？　どこにも見当たらない。その周りを囲んでいた少女たちは？　消えた。でも、浜辺に人が打ち上げられている。彼はそれを確かめに行く。ひょっとしてそれは自分なのか？　違う。それは遺体だ。

その遺体の先に、もう一つ遺体がある。その先にも、その先にも。

波打ち際に沿って、黒い線のように遺体が並んでいる。

遺体の中にはとても幼い子供もいる。彼は子供——まだ赤ん坊だ——を上着の内側に抱きかかえたまま溺死した男のそばにしゃがみ込む。赤ん坊は口を開いたまま、体からは海水がしたたり、男の膨張した胸に頭をもたせかけている。

もっと遠くの砂浜にはさらにたくさんの人がいる。浜辺に横たわっているのと同じ人間たちだが、そちらの人間たちは生きている。そしてパラソルの下で休んでいる。死体の並ぶ浜の先で、彼らは休日を楽しんでいる。

画面から音楽が聞こえてくる。一人がコンピュータを使って作業をしている。別の一人は日陰で、小さな画面に表示された何かを読んでいる。別の一人はパラソルの下でうたた寝し、別の一人がその腕と肩に日焼け止めクリームを塗っている。

一人の子供が大きな波を避けながら、水際を行ったり来たりして、笑い声を上げている。

ダニエル・グルックは死者の世界から生者の世界に目をやり、再び、死者の世界を見る。

世界の悲哀。

間違いなく、自分はまだ生きている。

彼はまだ青々している葉っぱのコートを見る。

腕を前に伸ばす。いまだ奇跡的に若々しい。

長くは続かないだろう。この夢は。

彼はコートの端にある一枚の葉をつかむ。そして強く握る。できることなら、これを持ち帰ろう。自分がどこにいたかを証明するために。

他に持ち帰れるものは？

例の歌のコーラスはどんなのだったか？

いくつの世界を
一握の砂

夏至を過ぎたばかりの水曜日。エリサベス・デマンドはパスポート更新の窓口確認送付手続きをするために、母が暮らしている村からいちばん近い町の大きな郵便局に来ている。三十二歳で非常勤講師としてロンドンのとある大学に勤める彼女のことを、母は〝夢のような人生〟と言う。もしも、いつ首を切られてもおかしくない職場で働き、何をするにも物価が驚くほど高くて、十年以上前の学生時代に暮らしていたのと同じアパートを借りている生活を夢と呼ぶなら、たしかに夢の人生だ。

窓口確認送付手続きというのは一見、効率的に見える。記入済みの書類と古いパスポートと新しい写真を持参して、郵便局の有資格職員に確認をしてもらった上で旅券事務所に送達すれば、通常の半分の日数で新規パスポートを受け取ることができる。

彼女は郵便局の発券機で、二三三番という窓口受付の番号札を受け取る。番号札を使わずに自分で郵便物の重量を量る機械に扉の外まで続くいらいらの列ができているのを除けば、ロビーは混み合っていない。でも、与えられた番号は頭上に表示されている〝次にお呼びする番号（一五六、一五七、一五八）〟よりもだいぶ先の数字で、いずれにせよ、十二個ある窓口にいるたった二人の係員がおそらく一五四番と一五五番であろう客（二人ともこの二十分、次の客と交代していない）をさばくのにかなり時間がかかりそうなので、彼女は郵便局を出て道を渡り、バーナード通りの古本屋へ行った。

十分後に戻ると、窓口にいる係員は同じ二人で変わっていなかった。ところが〝次にお呼びする番号〟の表示は、二八四、二八五、二八六に変わっていた。

エリサベスは発券機のボタンを押して、三六五番という新たな番号札を受け取り、ロビーの真ん中に置かれた丸い共同ベンチに腰を下ろす。するとベンチのどこかが壊れているらしく、彼女が座ったとたんに内側で何かがカタンと音を立てて、同じベンチの反対側に座っている人が二、三センチほど浮き上がる。そしてその人が座り直すと、再びベンチがカタンと音を立てて、エリサベスが二、三センチほど沈む。

窓の外、通りを渡ったところに、以前、この町の郵便局だった立派な建物が見える。今では、中にデザイナーズブランドの店がずらりと並んでいる。香水。服。化粧品。彼女は再びロビーを見渡す。共同ベンチに座っている人はほぼ皆、彼女がここに入ってきたときと同じだ。彼女は手元で本を広げる。『すばらしい新世界』。第一章。**わずか三十四階のずんぐりした灰色のビル。正面玄関の上には、〝中央ロンドン孵化・条件付けセンター〟の文字と、盾形紋章に記した世界国家のモットー、〝共同性《コミュニティ》、同一性《アイデンティティ》、安定性《スタビリティ》〟。**一時間四十五分後、小説はかなり読み進んだが、周囲の顔ぶれはまだほとんど変わっていない。いまだに皆、宙をにらんでいる。そして時折、ベンチをカタンといわせる。誰も人に話しかけない。彼女がここに来てから、誰も一言も発していない。変化したのはただ、自分で郵便物の重量を量る機械の前に並ぶ列だけ。たまに誰かがロビーを横切って、プラスチック製のショーケースに飾られた記念硬貨を見に行く。彼女のいる場所から見る限りでは、シェイクスピアの誕生日か命日を記念する硬貨のセットだ。硬貨の一つには頭蓋骨が刻まれている。なので、たぶん命日。

エリサベスが本に戻ると偶然にも、今読んでいるページにシェイクスピアが引用されている。〝ああ、すばらしい新世界！〟。今やミランダはそれが愉しい世界でありうること、悪夢さえも優雅で高貴なものに変えうることを宣言し始めたのだ。〝ああ、すばらしい新世界！〟。それは挑戦であり、命令だった。読んでいる本がシェイクスピアと結び付いた瞬間に、顔を上げるとそこに記念硬貨がある――これはなかなか面白い出来事だ。彼女は何の気なしに脚を組み直し、誤ってベンチをカタンといわせる。すると同じベンチに座る女性が一瞬、少し宙に浮くが、気付いているそぶりもまったく見せず、そうなったことを気に懸けている様子もない。

これほど共同性に欠けた共同ベンチに座っているのは滑稽だ。でも、それについてエリサベスが視線を交わせる人は誰もいない。まして、本と硬貨について考えたことを話せる相手はいない。

いずれにせよそれは、テレビや本の中なら意味があるけれども、現実の中では何の意味も持たない偶然の一つにすぎない。シェイクスピアの誕生日を祝う場合には、記念コインにどんな言葉を刻むのかしら？　ああ、すばらしい新世界。悪くない。きっと、生まれるときには少しそんな感じがするだろう。もしも生まれた瞬間を覚えている人がいるなら、の話だが。

表示されている番号は三三四番。

四十分ほど経った後、こんにちは、とエリサベスはカウンターの向こうにいる男に言う。

一年の日数ですね、と男が言う。

は?とエリサベスが言う。

三六五という数です、と男が言う。

朝からずっと待っている間に、本をほぼ一冊読みました、とエリサベスが言う。そこで私、考えたんですけど、ここで延々と待たされる人のために、気が向いたら読めるように本を何冊か置いてみたらどうでしょうか。図書コーナーを開くとか設置するとか、今までにお考えになったことはありませんか?

そうおっしゃるのは面白いですね、と男が言う。ここにいる人の多くは郵便関係の用事でいらしているわけではありません。図書館が閉鎖されて以降、雨の日や寒い日に人が集まる場所になっているんです。

エリサベスはさっきまで座っていた場所を振り返る。そこにはとても若い女性が腰を下ろして、赤ん坊に母乳をやっている。

それはともかく、ご提案をありがとうございました、私どもの回答にご満足いただけたのなら幸いです、と男は言っている。

そしてすぐ横のボタンに手をかけて、三六六番を窓口に呼ぼうとする。

駄目!とエリサベスは言う。

男は面白がる。どうやらジョークだったようだ。彼の肩は上下するが、声を上げて笑ったりはしない。それは笑いに似ているが、笑っているふりをしているようにも見える。と同時に、少し喘息の発作にも似ている。ひょっとすると郵便局の窓口では声を出して笑うことが禁止されているのかもしれない。

私はこの辺りには週に一度しか来ないんです、とエリサベスは言う。そのボタンを押してしまったら、来週もまた、ここに来なければならないところでした。

男は窓口確認送付手続きの書類に目をやる。

いずれにしても来週また、来なければならないかもしれませんよ、と男は言う。およそ十人中九人は書類に不備がありますから。

面白い冗談ね、とエリサベスは言う。

冗談ではありません、と男が言う。パスポートは冗談のネタには使えません。

男はパネルの向こう側で、封筒に入っていた書類をすべて机の上に出す。

確認に入る前に、まずお伝えしておかなければならないことがあります、と彼は言う。今から窓口確認送付手続きの書類確認を始めた時点で、費用が九ポンド七十五ペンスかかります。つまり、今日の手続きで九ポンド七十五ペンスということです。それと、万一、不備が見つかった場合は書類を旅券事務所に送付することはできませんが、不備の内容にかかわらず、やはり九ポンド七十五ペンスはお支払いいただきます。

分かりました、とエリサベスは言う。

しかし。話には続きがありまして、と男は言う。もしも書類に不備があって、先ほど申し上げたように九ポンド七十五ペンスを今日お支払いいただいた上で、一か月以内に不備を修正してまたお持ちになった場合には、領収書のご提示があれば、改めて九ポンド七十五ペンスをお支払いいただく必要はありません。しかし。もし、次に書類を持ってこられるまでに一か月以上が経過したり、領収書のご提示がなかったりした場合には、窓口確認送付手続きをするのに改めて九ポンド七十五ペンスをお支払いいただくことになります。

分かりました、とエリサベスは言う。

説明をお聞きになった上で、やはり、窓口確認送付手続きに取り掛かることを希望なさいますか?と男が言う。

んん、とエリサベスが言う。

〝はい〟とはっきり言っていただけますか、そんなふうにぼんやりと肯定的な音を発するのではなくて、と男が言う。

ああ、とエリサベスが言う。はい。

たとえ窓口確認送付手続きが首尾よくいかなくても手数料はお支払いいただきますが、構わないのですね?

何だか、うまくいかなくてもいいっていう気になってきたわ、とエリサベスは言う。まだ読んだことのない古典が何冊かあるから。

冗談ですか?と男が言う。お待ちいただいている間に記入できるように、お客様ご意見カードをお渡ししましょうか? でも、その場合、まずこの窓口を次の順番の方にお譲りいただかなければなりません。私は間もなく昼休憩に入りますので、あなたの順番はその次ではなくて、改めて機械で番号札をお取りいただいて、順番を待つことになります。

私は意見や苦情を言うつもりはまったくありません、とエリサベスは言う。

男は彼女が記入した書類を見ている。

ファミリーネームは本当にデマンドさんとおっしゃるんですか?と彼は言う。

んん、とエリサベスは言う。じゃなくて、はい。

あなた、お名前通り要求《デマンド》の多い方ですね、と彼は言う。さっきまでの会話でそれが分かりました。

ああ、とエリサベスが言う。

冗談ですよ、と男が言う。

彼の肩が上下する。

それと、ファーストネームはここにお書きの綴りで間違いはありませんか?と彼は言う。

はい、とエリサベスは言う。

綴りが普通とは違いますね、と男が言う。普通はサじゃなくてザです。私が知る限りでは。

私はサです、とエリサベスが言う。

変わってますね、と男が言う。

そういう名前なんです、とエリサベスが言う。

一般にそのような綴り方をするのは外国出身の人ではないですか?と男が言う。

そして期限の切れたパスポートをぱらぱらとめくる。

しかしここにはイギリス人と書いてある、と彼は言う。

イギリス人ですから、とエリサベスが言う。

ここに書かれている綴りも同じですね、サも含めて、と彼は言う。

びっくりですね、とエリサベスが言う。

皮肉はやめてください、と男が言う。

彼は次に、古いパスポートに貼られた写真と、新たにエリサベスが持参したスピード写真とを見比べる。

一応、同一人物、と彼は言う。かろうじて。（肩が上下。）二十二歳から三十二歳というだけの違いですからね。また十年後に新しいパスポートを取りに来たときにはどうなっていることやら。（肩が上下。）

彼は期限の切れたパスポートと申請書類を並べて、旅券番号を確認する。

ご旅行ですか？と彼は言う。

そうですね、とエリサベスは言う。一応、念のために。

行き先はどちらをお考えですか？と彼は言う。

行けるならいろいろ、とエリサベスは言う。分かりませんけど。世界中。思うがまま《オイスター》（オイスターは通常、カキのことだが、「世界は私の思うがまま（オイスター）」というシェイクスピア劇の有名な台詞が慣用句となっている）。

深刻なアレルギーがあるんです、と男は言う。その単語は口にしないでください。今日の午後、私が死んだりしたらあなたのせいですよ。

肩。上下。

その後、スピード写真を目の前に置く。そして唇を少しゆがめて、首を横に振る。

何ですか?とエリサベスが訊く。

いえ、大丈夫だと思うんですけど、と彼は言う。髪の毛がね。少しでも目にかかっていたら駄目なんです。

髪の毛は全然目にかかってません、とエリサベスが言う。目のそばに髪の毛なんてないですよ。

髪の毛が顔の近くにあるのも駄目なんです、と男が言う。

髪は頭から生えてるんですよ、とエリサベスは言う。そして顔は頭とつながってるんです。

面白いことをおっしゃっても条件は何も変わりません、と男は言う。この島国から外に出る前に必要となるパスポートが最終的に発行されるための条件はね。つまり、無駄ということです。

なるほど、とエリサベスは言う。ありがとう。

たぶん大丈夫だと思います、と彼は言う。

よかった、とエリサベスは言う。

ちょっと待って、と男が言う。ちょっと待ってください。ちょっとだけ。

彼は椅子から降りてカウンターの下に屈む。そして段ボールの箱を机の上に置く。中にはいろいろな種類のはさみ、消しゴム、ホチキス、クリップ、丸めたメジャーなどが入っている。彼はメジャーを手に取り、端を伸ばし、エリサベスのスピード写真の一枚にあてる。

やっぱり、と彼は言う。

やっぱりって？とエリサベスが言う。

思った通りです、と男が言う。二十四ミリ。思った通りでした。

よかったですね、とエリサベスが言う。

よくありません、と男が言う。全然よくありません。顔のサイズが間違ってます。

顔のサイズが間違ってるっておかしくないですか？とエリサベスが言う。

あなたは顔を枠内に収めなさいという指示に従わなかったんです、ただしそれは、お使いになった証明写真機がパスポート対応だった場合の話ですがね、と男は言う。もちろん、お使いになった証明写真機がパスポート対応でなかった可能性もあります。でも、いずれにしても駄目なことに変わりありませんけど。

顔のサイズがどのくらいなら正解なんですか？とエリサベスが言う。

提出する写真にある顔の正しいサイズは二十九ミリと三十四ミリの間です。あなたの顔は五ミリ足りません。

どうしてそのサイズである必要があるんですか？とエリサベスが言う。

そう定められているからです、と男が言う。

顔認証技術のためですか？とエリサベスが言う。

男は初めて彼女の顔をじっと見る。

当然ですが、条件に合った書類でなければ書類を受理することはできません、と男は言う。

彼は右手にある束から紙を一枚取る。

写真スタジオのスピードスナップに行くといいですよ、と彼は言いながら、金属製のスタンプで紙に小さな丸印を押す。あそこなら条件に合った写真を撮ってくれます。旅行先はどちらをお考えですか？

さあ、どこへも行けませんね、新しいパスポートをもらうまでは、とエリサベスが言う。

彼は先ほどスタンプを押した隣の、まだスタンプが押されていない丸を指差す。

今日から一か月以内に書類をお持ちいただいた場合、もしも不備がなければ、窓口確認送付手続きに新たな九ポンド七十五ペンスをお支払いいただく必要はありません。先ほどもお尋ねしましたが、旅行先はどちらをお考えだとおっしゃいました？

何も言いませんでした、とエリサベスは言う。

ここの欄に〝頭がおかしい〟と記入しますけど、気を悪くなさらないでくださいね、と男が言う。

彼の肩は動いていない。彼は〝その他〟の欄にこう書き込む。〝頭のサイズ違い〟。

もしもこれがテレビドラマなら、とエリサベスが言う。次に何が起こると思います？

テレビなんてほとんどがごみみたいなものですよ、と男が言う。私はボックスセット派です。

私が言っているのは、とエリサベスが言う。次のショットでは、あなたはカキにあたって死んでいる。そして私は逮捕されて、やってもいないことについて疑いを向けられている。

ほのめかしの暴力ですね、と男が言う。

それを言うなら、暴力のほのめかしでしょ、とエリサベスが言う。

ああ、鋭い、と男が言う。

それに、写真の中の頭のサイズが間違ってるってことはおそらく、私は何かおかしなこと、違法なことをやらかしたか、今後やらかしそうな人物だってことを意味する、とエリサベスは言う。そして、私は顔認証テクノロジーについて尋ねたし、そんな技術が存在していることを知っていて、出入国審査でそれが使われるかどうかを訊いたりしたんだから、それだけで既に、怪しい人物ってこと。その上、私の名前にザじゃなくてサが使われているせいで、最初からあなたは私を変人扱いしてる。

何の話ですか?と男が言う。

例えばテレビドラマや映画で、自転車に乗った子供が前を横切ったら、とエリサベスは言う。つまり、ドラマや映画を観ているときに、子供が自転車で徐々に遠ざかっていく場面、特にそれが背後のカメラから撮影してある場合には、そう、その子に何か恐ろしいことが必ず起きる。間違いなくその子供、無垢な子供を見るのはそのときが最後になる。単に買い物に向かう子供が自転車で前を通る、みたいな場面はありえない。幸せな男か女が車を運転している、ただ単にうれしそうに車を走らせてる、特に何も起こらない——そして特にその人が帰ってくるのを誰かが家で待っている場合——そんなときはほぼ間違いなく、車が事故を起こして、その人は死んでしまう。あるいは、運転してるのが女の人だったら、突然、誰かに誘拐されて、おぞましい性犯罪に巻き込まれるか、行方が分からなくなる。とにかく、車を運転している人はほぼ間違いなく、自分の運命へと向かっているの。

男は窓口確認送付手続きの領収書を折り畳み、書類と期限の切れたパスポートと不適切な写真と一緒にエリサベスから渡された封筒に入れ、それをパネルの隙間から彼女に渡す。彼女は男の目にひどい落胆を見て取る。彼は彼女にそれを悟られたことに気付く。そしてさらにかたくなになる。彼は引き出しを開け、中からラミネートされた紙を取り出し、パネルに掲げる。

〝窓口休止中〟。

これはフィクションとは違います、と男が言う。ここは郵便局ですから。

エリサベスは彼がスイングドアを通って裏に行くのを見る。

彼女はセルフサービスの列を掻き分けて、フィクションとは異なる郵便局を出る。

そして公園を通ってバス停に向かう。

彼女はダニエルに会うため、モルティングズ養護老人ホームへ行く。

ダニエルはまだ生きている。

エリサベスが見舞いに来た過去三回、彼は眠っていた。今日の見舞いでも、きっと眠っているだろう。彼女はベッドの隣にある椅子に座り、鞄から本を出すだろう。

すばらしい旧世界。

ダニエルはぐっすり眠っているので、まるで今後、もう目を覚ますことはなさそうに見える。

こんにちは、グルックさん、と、彼が目を覚ましたら彼女は言うだろう。遅くなってごめんなさい。今日は顔のサイズを測ってもらって、それが条件に合わないからって駄目出しをされていたの。

でも、そんなことを考えても意味がない。彼は目を覚まさないだろうから。

万一目を覚ますことがあれば、まず、脳の中で最も豊かなネタを持っている部分から一つ話を聞かせてくれるだろう。

ああ、長い列ができていたよ、とダニエルは言う。山のてっぺんまで。ホームレスの人たちが、サクラメントにある山の麓からてっぺんまで列を作っていた。

すごいですね、と彼女は言う。

すごいんだ、とダニエルは言う。喜劇に関わるものはすべてすごい。彼は卓越した喜劇役者《コメディアン》だった。そしてホームレスを何百人も雇ったんだ。本物、実物、ホームレスを主役にした映画のためにね。本当に孤独な、本当に行くあてを失った、本物のホームレスを。彼はあの映画に、本物のゴールドラッシュみたいな雰囲気を持たせたかった。ホームレスの人たちを全員まとめてサクラメント市に送り返すまで金を渡してはいけないと、地元警察はプロデューサーに指示をした。彼らがあたりをうろつくことを嫌がっていたんだ。彼は子供の頃――生涯の最後には、世界で最も有名な大金持ちの一人になるんだがね――母親が精神科の病院に連れて行かれて、救貧院、孤児院で暮らしていた頃、クリスマスの時期に、袋に入ったお菓子とオレンジを与えられた。施設にいた子供はみんな同じものをもらった。でも、彼は他の子とは違った。違いはこれ。彼は十二月にもらった袋入りのお菓子を、翌年の十月までもたせたんだ（このあたりの説明はチャーリー・チャップリンと映画『黄金狂時代』のこと）。

彼は首を横に振る。

天才だ、と彼は言う。

そしてエリサベスを横目で見る。

ああ、よく来てくれたね、と彼は言う。

そして彼女が手に持っている本を見る。

何を読んでいるのかな？と彼は言う。

エリサベスは本を上に掲げる。

すばらしい新世界、と彼女は言う。

ああ、懐かしい本だ、と彼は言う。
私にとっては新しいの、と彼女は言う。

今の会話？　それはあくまでも想像上のもの。

ダニエルが眠っている時間は、最近、ますます長くなっている。エリサベスが見舞いに行くと、そこにいる介護士はいつも違うが、皆決まって、眠りの時間が長くなるのは死が近づいている兆候だと説明する。

ダニエルは美しい。

ベッドに横たわる彼はとても小柄だ。まるで頭だけの存在になったみたい。今では小柄で弱々しく、アニメの猫が食べた後のアニメの魚の骨のようにやせ細り、体はほとんど無に近いのでベッドカバーはほぼ平らで、枕の上に頭が載っているだけに見える。洞穴のある頭。口が洞穴だ。目は閉じて、少し涙が浮かんでいる。息を吐いてから次に吸うまでに長い間《ま》がある。その長い間《ま》では、息が止まっている。だから、息を吐いた後にはいつも、二度と息を吸わない可能性がある。これほど長い間息をせずに、それでも生きて呼吸をしているなんて、とてもありえないことに思われる。

このお年でとてもお元気ですよ、と介護士たちは言う。

恵まれた方ですね、と介護士たちは言う。まるでもう、先は長くないかのように。

そうですか？

みんなはダニエルのことを知らない。

あなたは近い親戚の方？　というのも、グルックさんの近親者になかなか連絡が取れなくて困ってたんです。エリサベスが初めて見舞いに行ったとき受付係がそう言う。エリサベスは少しも躊躇《ちゅうちょ》せずに嘘を言う。そして自分の携帯電話の番号と、母の家の電話番号と母の住所を教える。

身分証明書のようなものを何か見せていただきたいのですが、と受付係が言う。

エリサベスはパスポートを取り出す。

残念ですが、このパスポートは期限が切れていますね、と受付係が言う。

ええ、でも、期限が切れたのはたった一か月前です。近々更新するつもりです。いずれにせよ、写真はどう見ても私ですよね、とエリサベスは言う。

受付係は認められることと認められないことについて講釈を始めるが、そのとき、玄関で何かが起こった。車椅子の車輪がスロープと扉との間の溝に挟まっていた。受付係は車椅子を持ち上げるため、助けを呼びに言った。アシスタントが奥から出てきた。アシスタントはエリサベスがパスポートを鞄に戻す姿を見て、パスポートの確認が終わったのだと思い込み、エリサベスに入館カードを発行したのだった。

今、あのとき車椅子の車輪が溝にはまった男性がエリサベスの目に入り、彼女がほほ笑みかける。男性はまるで彼女に見覚えがないかのように、こちらを見つめ返す。それはそうだ。向こうは彼女を知らない。

彼女は廊下から椅子を一つ取ってきて、ベッドの横に置く。

そして、ダニエルが目を開けたときのために（彼はじっと見られているのを嫌うから）、何でもいいから持ってきた本を取り出す。

彼女は『すばらしい新世界』を広げて手に持ち、彼の頭のてっぺんを見る。残り少ない髪の下に、黒っぽいあざのようなものが覗いている。

死んでいるかのようにじっと《スティル》ベッドに横たわるダニエル。それでもなお《スティル》。彼はまだ《スティル》生きている。

エリサベスはふと考えて、携帯を鞄から出す。そして〝スティル〟という語で検索し、結果を見る。

インターネットは瞬く間に単語の用例をいくつもの例文で見せてくれる。


すべてはどれほど静か《スティル》だったことか！

彼女はまだ《スティル》ジョナサンの手を握っていた。

彼らが振り向いたとき、アレックスはまだ《スティル》馬に乗っていた。

とはいえ《スティル》、それはおしゃれに見えた。

その群集はじっと《スティル》立ったまま待った。

プサムテク一世はまた《スティル》新たな計画を実行に移した。

彼がそれでも《スティル》返事をしないので、彼女は先を続けた。

当時は、ライト兄弟を知る人々がまだ《スティル》生きていた。

ああ、そうだ、オーヴィルとウィルという二人の変人が事の始まりだったんだ。ダニエルはベッドに静か《スティル》に横たわったまま、何も言わずにそう言う。あの二人が一日にして私たちに世界を与え、航空戦を招き、世界中の空港での退屈でいらいらする保安チェックの長い列を作り出した。でも、賭けてもいいが（と彼は言う／言わない）、蒸留所《ディスティラリー》という単語の一部になっている蒸留《スティル》みたいなものはリストに挙がっていないはずだ。

　エリサベスは確認するため、画面を下にスクロールする。

その〝スクロール〟という言葉を聞くと、とダニエルは何も言わずに言う。私はまだ広げられていない巻物《スクロール》のイメージを思い浮かべる。二千年間読まれずにきた巻物。ベズビオ火山の噴火で埋もれたヘルクラネウムの書斎で未発掘のまま、広げられるのをいまだに《スティル》待っている巻物を。

彼女はページのいちばん下までスクロールする。

正解よ、グルックさん。ウィスキーの蒸留《スティル》は出てこない。

私は今でも《スティル》、とダニエルは言う／言わない。おしゃれに見える。

ダニエルはじっと《スティル》ベッドに横たわっている。洞穴のようなその口、先ほどのような言葉を発することのないその口は、彼女が知る世界の終末の入り口だ。

エリサベスは古い下宿屋を見上げている。一九六〇年代、七〇年代にイギリスの大都市が近代化された頃に取り壊され、もはや古いビデオでしかその姿を観ることができないようなタイプの建物だ。

下宿屋はまだ建っているが、周りの景色は荒涼としている。周りの建物は、虫歯みたいに街路から取り除かれている。

彼女は扉を押し開ける。玄関は暗く、壁紙はしみだらけで、黒ずんでいる。居間は空っぽで、家具はない。かつての住人か不法居住者によって床板が剝がされていて、それを暖炉で燃やしたせいで、マントルピースの上は天井まで黒い煤《すす》に覆われている。

彼女は壁が白いところを想像する。部屋の中のものがすべて真っ白に塗られている状態を思い浮かべる。

割れた白い床にできた穴も、内側が白く塗られている。

窓の外にはイボタノキの生垣が見える。エリサベスは外に出て、その高い生垣も白く塗る。

ダニエルは部屋の中で、白く塗られた古いソファー——そこから飛び出している詰め物も白い乳濁液でごわごわに固まっている——に座り、彼女のしていることを笑う。緑色の小さな葉を一枚一枚白く塗る彼女を見て、彼は子供のように両手で膝を抱えて静かに笑う。

二人の目が合う。彼はウィンクをする。それで気持ちは通じる。

二人は真っ白な空間に立っている。

出来上がり、と彼女は言う。これでこの建物は高く売れる。今時、相当なお金持ちじゃないと、こういうミニマリストな生活はできない。

ダニエルは肩をすくめる。変われば変わるほど元のまま《プリュサシャーンジ》。

散歩に出掛けない、グルックさん?とエリサベスは言う。

でも、ダニエルは既に立ち上がっていて、白い砂漠をなかなかの速度で横切っている。彼女は彼に追いつこうとする。が、追いつけない。彼はいつもずっと先を歩いている。二人の行く手はどこまでも真っ白だ。振り返ってみると、背後もどこまでも白い。

誰かが国会議員を殺した。エリサベスは追いつこうと努力しながらダニエルの背中に向かってそう言う。男は議員を銃で撃ち殺して、さらにナイフで襲い掛かった。まるで、銃だけじゃ足りないみたいに（労働党ジョー・コックス議員が二〇一六年六月十六日殺害された事件）。でも、それももうニュースとしては古い。昔なら、丸一年、その話題がずっとニュースに取り上げられただろうけど。今ではニュースはどんどん加速して、羊の群れみたいに崖から次々に飛び降りてる。

ダニエルの後頭部がうなずく。

トマス・ハーディーの速度論、とエリサベスが言う。

ダニエルが立ち止まり、振り返る。そして優しくほほ笑む。

ダニエルの目は閉じている。彼は息を吸う。そして吐く。着ているのは病院用のシーツで作られた服。服の隅には病院名が印刷されていて、時々それが見える。袖口や上着の裾の内側にピンクと青で書かれた文字。彼は白いオレンジの皮を白いペンナイフでむいている。巻物のような皮が深い雪の中に落ちるように白い床に落ち、見えなくなる。彼はそれを見て、いら立ったように舌打ちをする。そして手の中の、皮をむき終わったオレンジに目をやる。それは白い。彼は首を横に振る。

彼は何かを探すようにポケット、胸、ズボンをぽんぽんと叩く。その後、まるで手品師のように、胸から、鎖骨のあたりからオレンジ色の塊を取り出す。オレンジ色は物体を離れて、宙に浮いている。

彼はそれを大きなマントのように投げ出して、目の前の白い物体を覆う。マントが完全に床に落ちる前に、指先でそれをひねり、手に持っている白すぎるオレンジをきゅっとくるむ。

手の中にあった白いオレンジが自然な色に変わる。

彼はうなずく。

次に体の中心から、ひとつながりになったハンカチみたいな緑色と青色を取り出す。手の中のオレンジがセザンヌの絵画みたいな色に変わる。

人々が興奮して彼の周りに集まる。

人が列を作り、めいめいに白い物を持ち寄って、彼に差し出す。

名もなき人々が本物のダニエルにはとうてい及ばないダニエルについて、ツイートくらいの文字数のコメントを加え始める。ものを変化させる彼の能力について皆がコメントするようになる。

コメントは徐々に不愉快な内容に変わる。

彼らは蜂の群れのような羽音を立て始め、エリサベスが気付くと、どろどろした排泄物みたいなものが、靴を履いていない彼女の足元に広がってきている。彼女はそこを踏まないように用心する。

彼女はダニエルにも、そこを踏まないように声を掛ける。

お疲れですか？と介護士が言う。いいですね、休める人は。

エリサベスはわれに返って目を開ける。膝から本が落ちる。本を拾う。

介護士は点滴の袋を叩いている。

生きていくためには働かないといけない人間もいるんですよ、と彼女は言う。

そしてエリサベスがいる方に向かってウィンクをする。

完全に眠ってました、とエリサベスは言う。

こちらの方もそうです、と介護士が言う。とても礼儀正しくて素敵な紳士ですね。最近はさみしいんですよ。眠っている時間が長くなってきて。だんだんとそうなるんです、（と次の言葉を口にする前に微妙な間《ま》があって）最終段階が近づいてくると。

間《ま》は精妙な言語だ、実際の言語よりも言語らしい、とエリサベスは思う。

グルックさんには何も聞こえていないみたいな話し方はよしてくださいね、と彼女は言う。この人は私と同じようにあなたの話を聞いています。見た目は眠っているように見えても。

介護士は見ていたカルテをベッドの端の手すりに引っ掛ける。

以前、この方の体を拭いていたときのことです、と彼女は言う。その様子はまるで、エリサベスもそこにいないかのよう、あるいは人がいない状況に慣れているかのよう、あるいは人が周りにいなくても常に同じように仕事をしなければならないことに慣れているかのようだ。

ラウンジではテレビが点いていて、大きな声が聞こえてました。部屋の扉が開いてましたから。するとグルックさんが目を開けて、突然むくっと起き上がったんです。スーパーマーケットのコマーシャルの最中に。店の中で、みんなの頭の上から歌が聞こえてきて、買い物客が商品を床に放り出して、あちこちで踊りだす、そんなコマーシャル。むっくり起き上がった彼はこう言ったの。この歌は私だ、私が書いたんだってね。

あのおかま《クイーン》のお爺さん、とエリサベスの母が声を抑えて言った。

どうしてあの人なの?ともっと普通の声量で彼女は言った。

隣に住んでいる人だから、とエリサベスは言った。

一九九三年四月、火曜日の夕方のことだった。エリサベスは八歳だ。

でも、あたしたちはあの人のことを知らない、と母は言った。

私たちは隣人でいることの意味を隣人に訊いて、その人について作文することになってるの、とエリサベスは言った。お母さんも私と一緒に行くことになってる。私は作文のために質問を二つ、三つ考えて、隣の人にそれを尋ねるから、お母さんも一緒に来て。その話はした。金曜に話した。お母さんはそのとき、分かったって言った。学校の宿題なんだもん。

母は目のメークをいじっていた。

何の話をするの?と母は言った。あの人が家に集めているアートなアートの話をするわけ?

うちにも絵がある、とエリサベスは言った。うちの絵もアートなアート?

彼女は母の後ろの壁を見た。川と小さな家が描かれた絵。本物の松ぼっくりの断片で作られたリスの絵。アンリ・マティスが描いた踊る人のポスター。女とスカートとエッフェル塔が描かれたポスター。母がまだ幼かった頃の祖父母の写真を引き伸ばしたプリント。赤ん坊だった頃の母の写真を引き伸ばしたもの。エリサベス自身が赤ん坊だった頃の写真を引き伸ばしたもの。

居間のど真ん中に置いてある、真ん中に穴の開いた石、と母は言っていた。あれなんか、まさにアートなアート。あたしは別に家を覗いてたわけじゃない。たまたま家の前を通ったときに、明かりが点いてたから見えただけ。落ち葉を集めて木の種類を調べるのが宿題だって、言ってなかったっけ？

それは三週間前の話、とエリサベスは言った。お母さん、今から出掛けるの？

アビーに電話をかけていろいろ質問してみたら？と母が言った。

でも、アビーの隣に暮らしていたのは昔のことだもん、とエリサベスは言った。今現在、隣に住んでいる人から話を聞かないと。直接、本人と会って話を聞かないと駄目なの。その人がどんな場所で生まれ育ったか、その人が私くらいの年の頃、どんな暮らしをしてたかを尋ねるのが宿題。

他人の生活はプライベートな問題よ、と母は言った。人の生活にずかずか足を踏み入れて、あれこれ質問するなんて許されない。それにそもそも、学校はどうしてそんなふうに隣人のことを調べさせるわけ？

とにかくそれが宿題、とエリサベスは言った。

彼女は階段を上がり、いちばん上の段に腰を下ろした。このままだと私は、転校したてなのに宿題をちゃんとしなかった生徒になる。母はもうすぐ、深夜営業のテスコに買い物に行ってくるから三十分ほどで帰る、と言うだろう。実際に帰ってくるのは二時間後。タバコの匂いをぷんぷんさせて。テスコで買い物した荷物など持たずに。

これは隣同士で暮らすことの意味を考えるための、歴史の宿題、とエリサベスは言った。

あの人はたぶん、上手に英語がしゃべれないわ、と母は言った。体の弱いお年寄りを煩わせるようなことをしちゃ駄目。

あの人の体は弱くない、とエリサベスは言った。外国人でもない。お年寄りでもない。監禁されているようには全然見えない。

何されているようには見えないですって？と母は言った。

宿題は明日までにやらないといけない、とエリサベスは言った。

いいことを考えた、と母は言った。話を作るのはどう？　質問をしたふりをするの。隣の人がしそうな返事を作文する。

本当のことを書かないと、とエリサベスは言った。ニュースみたいなものなんだから。

誰にも分かりはしないわ、と母は言った。話を作りなさい。どうせ本物のニュースだっていつもでっち上げなんだから。

本物のニュースはでっち上げじゃない、とエリサベスは言った。ニュースなんだから。

あなたがもう少し大きくなったら、その問題についてはもう一度議論しましょう、と母は言った。とにかく、話を作るのは本当のことを書くよりずっと難しいのよ。ていうか、上手に作るのは、説得力を充分に持たせるのはとても難しい。普通に書くよりはるかに技術を要する。じゃあ、こうしましょう。もしも上手に作文をして、本当の話だとシモンズ先生に信じ込ませることができたら、『美女と野獣』を買ってあげる。

あのビデオを？とエリサベスは言った。ほんとに？

んん、と母は言って、かかとを軸にしてくるりと回り、横から見た姿を鏡で確かめた。

もしもうちのビデオプレーヤーの調子が悪かったら、とエリサベスは言った。

先生に信じ込ませることができたら、と母は言った。奮発して新しいプレーヤーを買う。

本気？とエリサベスは言った。

それと、もしも話がでっち上げだってことでシモンズ先生に叱られたりした場合には、あたしが学校に電話して、その話はでっち上げじゃない、本当のことだって説明してあげる、と母は言った。オーケー？

エリサベスはパソコンデスクの前に座った。

もしも隣の人が本当にかなり年を取っているとしても、テレビで観るような老人とは全然違う。テレビに出てくる老人は決まって、ゴム製の仮面をかぶっているみたいで、しかもその仮面は顔だけでなく、頭から足の先まで全身を覆っているように見える。もしも仮面を破り、引き裂くことができたら、偽の年寄りの皮をするりと脱いで、若いときとまったく変わらない元気な人が中から出て来そうだ。バナナの皮をむくときみたいに。でも、映画やお笑い番組では、皮に閉じ込められている間、人は必ず絶望的なまなざしをしている——何か不気味な理由で、生きたまま、老いた体に閉じ込められているのだと、外にいる人間たちに秘密の合図を送るかのように。幼虫の食料にするため、別の生き物の体内に卵を産み付ける蜂のように。ただし、この場合は話が逆で、老いた自我が若い自我から栄養を得ている。残された目だけが、閉じ込められた体の奥から何かを訴える。

母は玄関の扉の前にいた。

そして、行ってきます、と呼び掛けた。すぐに帰るから。

エリサベスは廊下を駆けた。

優雅《エレガント》って言葉を書こうと思ったら、正しい綴りはどうだっけ?

扉が閉まった。

翌日、夕食の後、母は宿題ノートの該当ページを開き、裏口から外に出て庭を進み、まだ夕日が当たっているフェンスから身を乗り出して、ノートを持った手を振った。

こんにちは、と彼女は言った。

エリサベスは裏口の扉のところから様子を見ていた。隣人は残された陽光の中でワインを飲みながら本を読んでいた。彼はガーデンテーブルに本を置いた。

ああ、こんにちは、と彼は言った。

あたし、ウェンディー・デマンドと言います、と彼女は言った。隣に引っ越してきました。娘と一緒に引っ越してきたので、いつか挨拶をしたいなと思ってたんです。

ダニエル・グルックです、と彼は椅子に座ったまま言った。

お会いできてよかったわ、グルックさん、と母は言った。

ダニエルと呼んでください、と彼は言った。

彼は昔の映画みたいな声をしていた。白黒映画の主人公の、身なりのいい戦闘機パイロットみたいな声だ。

それで、お邪魔をするつもりはなかったんですけど、と母は言った。ふと考えたんです。つまらないことですし、図々しいと思われると困るんですが。娘が学校の宿題であなたのことについて短い作文をしたので、読んでもらえたらと思って。

私のことを？と隣人は言った。

面白いんですよ、と母は言った。隣人についての作文。中にはあたしも出て来ますけど、あまりいい母親には書かれてません。でも、これを読んでたときに、あなたが庭にいらっしゃる姿が目に入ったので、面白いから読んでもらおうと思って。ていうか、お恥ずかしい話なんです。でも、あなたに関する部分はとても魅力的。

エリサベスはぞっとした。頭から足の先まで。まるで〝ぞっとする〟という概念が口を開け、彼女を丸ごとのみ込んだみたいに――ゴム製の老人皮が人をのみ込むのと同じように。

彼女は姿を見られないよう、扉の後ろに下がった。そしてテラスの床に椅子がこすれる音を聞いた。フェンス際にいる母のところまで隣人が近づいてくる音が聞こえた。

次の日、エリサベスが学校から帰ってくると、隣人が門の脇にある塀に腰を下ろし、脚を組んでいた。彼女が家に帰るには、その前を通らないわけにはいかなかった。

彼女は角を曲がったところで立ち止まった。

普通に前を通り過ぎて、隣の家の住人ではないふりをしよう。

あの人は私の顔を知らないはずだ。よその通りに住んでいる子供のふりをしよう。

彼女は単なる通行人であるかのように道を渡った。彼は組んでいた脚をほどき、立ち上がった。

彼が口を開いたとき、周りには誰もいなかったので、彼女に話し掛けていることに間違いはなかった。逃れようがなかった。

こんにちは、と彼は家の前から声を掛けた。君に会えるかもと思って待ってたんだ。私は君のうちの隣に住んでる。名前はダニエル・グルック。

言っときますけど、私はエリサベス・デマンドじゃありません、と彼女は言った。

彼女は歩き続けた。

ああ、と彼は言った。違うんだね。なるほど。

私は別人です、と彼女は言った。

彼女は通りの反対側で立ち止まり、振り向いた。

あの作文は私の妹が書いたんです、と彼女は言った。

なるほど、と彼は言った。そうだとしても、君に話しておきたいことがある。

何?とエリサベスは言った。

君の家の名字はたぶん、元々フランス語から来ているんだと思う、とグルック氏は言った。元はおそらく、フランス語の〝デ〟と〝モンド〟がくっついたもので、翻訳すると〝世界の〟という意味になる。

ほんと?とエリサベスは言った。昔からずっと、要求《デマンド》するみたいな意味だと思ってた。

グルック氏は縁石に腰を下ろして、両腕で膝を抱え、うなずいた。

〝世界の〟、あるいは〝世界の中〟という意味だと思う、うん、と彼は言った。〝人民の〟という意味にもなる。アブラハム・リンカーンの言葉にあるみたいに。〝人民の、人民による、人民のための政治〟という言葉。

(この人は老人ではない。私は間違っていなかった。本当の老人は脚を組んで座ったりしないし、あんなふうに膝を抱えたりしない。老人というのはスタンガンで麻痺《スタン》したみたいにじっと居間に座っている以外、何もできないものだ。)

私の、じゃなくて私の妹の名前、エリサベスというのは〝神様に誓う〟みたいな意味だって私も知ってる、とエリサベスは言った。でも〝神様に誓う〟のはちょっと難しいわ、正直言って、私が神を信じてるかどうかは怪しいから、じゃなくて、妹が。つまり、妹は信じてないから。

それもまた私たちの共通点だね、と彼は言った。妹さんと私の共通点。ちなみに、私がこの目で見てきた歴史において、妹さんの名前、エリサベスというのは、いつか、まったく予想もしていなかったのに突然、女王《クイーン》になるかもしれないという可能性も意味している。

おかま?とエリサベスは言った。あなたみたいに?

うむ――、と隣人は言った。

それってすごくいいと私は思う、とエリサベスは言った。だって、あなたはいつも身の回りにアートなアートを集めてるから。

ああ、と隣人は言った。そうだね。

でも、名前がエリザベスじゃなくて、エリサベスでも意味は同じなの？とエリサベスは言った。

ああ、そうだとも、間違いない、と彼は言った。

エリサベスは道を渡って、彼と同じ側に行った。しかし、まだ少し離れたところに立った。

あなたの名前はどんな意味？と彼女は言った。

グルックというのは運がよくて幸せという意味さ、と彼は言った。飢えたライオンがたくさんいる檻の中に放り込まれても、生き延びるだろう。それがファーストネーム。もしも君が夢を見て、意味が分からないときは私に訊くといい。私のファーストネームには、夢を解釈する力を持っているという意味もあるんだ。

そんなことできるの？とエリサベスは言った。

彼女は隣人から少しだけ離れた別の縁石に座った。

実を言うと、その能力は全然ない、と彼は言った。でも私には話を作る力がある。人の役に立つ、楽しくて、洞察力のある、心温まる話。これも君と私の共通点だ。状況に応じて他人になりすます能力もそう。

それはつまり、あなたと私の妹との共通点ってことね、とエリサベスは言った。

その通り、と隣人は言った。君と妹さんの二人に会えてとても楽しかったよ。やっと会えた。

〝やっと〟って何？とエリサベスは言った。ここに越して来てからまだ六週間しか経ってないけど。

生涯の友、と彼は言った。死ぬ前になってようやく、生涯の友に出会うということもある。彼は手を差し出した。彼女は立ち上がり、歩み寄って手を差し出した。彼はその手を握った。じゃあまたね、予期せず現れた、世界の女王様。人民のことを忘れないでおくれ、と彼は言った。

国民投票（二〇一六年六月二十三日のEU離脱を問う投票のこと）から一週間あまり。エリサベスの母が今暮らす村では、夏祭りに向けてハイストリート沿いにのぼりが並んでいる。空高く掲げられた赤白青のプラスチック製ののぼりは脅迫のようだ。今、雨は降っていないし、歩道も乾いているが、風が三角ののぼりをパタパタと鳴らし、ハイストリート沿いには大粒の雨が降っているような音が響いている。

村には不機嫌なムードが漂っている。エリサベスがバス停に近いコテージの前を通ると、その玄関から窓の上にかけて、黒いペンキで〝家に帰れ《ゴー・ホーム》〟と書かれているのが見える。

人々は目を伏せ、あるいは目を逸らし、あるいは真正面からにらみつける。彼女が母のために果物と頭痛薬と新聞を買うと、店の人が今までとは違う冷淡な口調で話し掛ける。バス停から母の家に行く間にすれ違う人々は彼女を、そして互いを、今までとは違う高慢な態度で見る。

彼女が家に着くと母が言う。最近、村の人の半分は、残り半分の人に話し掛けなくなった、と。でも、村の人は誰もあたしと口をきかないから、あたしとは関係ない。あたしは十年近くここに暮らしてきたけど、今までだって誰も話し掛けてこなかったから（そう言うときの母は、少し芝居がかっている）。母は今、大工道具を手に持って、英国陸地測量部が作成した今いる場所の地図をキッチンの壁に釘で打ち付けている。その地図を昨日買った店は元々電化製品の販売や電気工事をする店だったのだが、今ではプラスチック製のヒトデ、陶器に見える物、おしゃれなガーデニング用品、帆布製のガーデニング用手袋などを売っている。それはどれも実用主義的な天国だった一九五〇年代風の製品だ。

あの店で売っているのはよさそうに見える物、不当に値が張る物、もしも買ったら正しい生活が送れると信じさせるタイプの物なのよね、と小さな釘を口に二本くわえた状態で母が言う。地図は一九六二年に製作されたものだ。母は海沿いに、現在の海岸線をボールペンで赤く書き込んでいた。

彼女はかなり陸に入った、現在の海岸線の上にある地点を指差す。

これが十日前に第二次世界大戦時の防御陣地《ピルボックス》が海に沈んだ場所、と彼女は言う。

彼女は地図の反対側、海岸からずっと離れた場所を指差す。

これが新しいフェンスが立てられたところ、と彼女は言う。見てよ。

彼女は公共用地《コモン・ランド》と記されている中の公共《コモン》という部分を指差す。

どうやら、高さ三メートルの金網フェンス――上にはカミソリの刃のようなものが付いた鉄条網が張ってある――が、村からそれほど遠くない場所に立てられたらしい。フェンス沿いには監視カメラも設置されているとのことだ。囲われている土地には別に何もなくて、ハリエニシダ、砂州、丈の高い雑草、雑多な木、群生するワイルドフラワーがあるだけ。

見に行ってみてよ、と母が言う。あなたにどうにかしてもらいたいんだけど。

私に何ができるって言うの？とエリサベスが言う。私なんてただの、美術史を教える講師なのに。

母は首を横に振る。

あなたならどうすればいいか分かるはず、と母は言う。あなたは若い。さあ。一緒に行きましょ。

二人は一車線道路に沿って歩く。両側の草は伸び放題だ。

グルックさんがまだ生きているなんて信じられないわ、と母が言っている。

モルティングズ養護老人ホームの人もみんな同じようなことを言ってる、とエリサベスが言う。

だって、あの頃でもかなりの年だったもの、と母が言う。きっと百歳は超えてる。間違いない。

だって九〇年代に八十歳だったんだから。あの当時でも、外を歩くときに腰が曲がってたのを覚えてる。

そんな記憶は私にはない、とエリサベスが言う。

まるで世界の重さを一身に背負ってるみたいだった、と母が言う。

母さんはいつも、あの人はダンサーっぽいって言ってた、とエリサベスが言う。

年取ったダンサー、と母が言う。前屈が特技。

体が柔らかそうって母さんは言ってた、とエリサベスが言う。

そのとき彼女が言う。

ああ、何これ。

二人の目の前には、母がここに暮らすようになってからエリサベスが何度も散歩してきた道を断ち切るように、右を向いても左を向いても、果てしなく金網のフェンスが続いている。

母はフェンスのそばの踏みならされた地面に腰を下ろす。

疲れたわ、と彼女は言う。

たった三キロ歩いただけじゃないの、とエリサベスが言う。

そういう意味じゃない、と母が言う。あたしはもう、ニュースに疲れた。大したこともない出来事を派手に伝えるニュースに疲れた。本当に恐ろしいことをすごく単純に伝えるニュースにも疲れた。皮肉な言葉にも疲れた。怒りにも疲れた。意地悪な人にも疲れた。自分勝手な人たちにも疲れた。それを止めるために何もしないあたしたちにもうんざり。むしろそれを促しているあたしたちにもうんざり。今ある暴力にも、もうすぐやって来る暴力にも、まだ起きていない暴力にもうんざり。嘘つきにもうんざり。嘘をついて偉くなった人にもうんざり。そんな嘘つきのせいでこんな世の中になったことにもうんざり。彼らが馬鹿だからこんなことになったのか、それともわざとこんな世の中を作ったのか、どっちなんだろうと考えることにもうんざり。嘘をつく政府にもうんざり。もう嘘をつかれてもどうでもよくなっている国民にもうんざり。その恐ろしさを日々突きつけられることにもうんざり。敵意にもうんざり。臆病風を吹かす人にもうんざり。

臆病風には吹かれるんだと思うけど、とエリサベスが言う。

正しい言葉遣いにこだわることにもうんざり、と母が言う。

エリサベスは母の長広舌を聞きながら、海底に沈んだ古い煉瓦造りの防御陣地《ピルボックス》のことを考える。満潮時には海水に覆われて、小さな穴から空気の泡が立ち上る様子を。

私は海に浸かった煉瓦だ、と彼女は思う。

母は娘の注意が逸れたのを感じ取って、一瞬、フェンスに近づく。

母にうんざりしていた（実家を訪ねてきてまだ一時間半しかたっていないのに、もうこれだ）

エリサベスは金網のあちこちに取り付けられた小さなクリップを指差す。

気を付けて、と彼女は言う。電気が流れているみたいだから。

イギリス中で悲嘆と歓喜が渦巻いた。

イギリス中で、投票結果が大きな混乱を引き起こす——まるで嵐によって電柱が倒れ、電気の流れる電線が切れて、木々の上、屋根の上、道路の上でむち打つように暴れ回っているみたいに。

イギリス中の人が、これはおかしいと思う。イギリス中の人が、これは正しいと思う。イギリス中の人が、自分たちは本当は負けたのだと思う。イギリス中の人が、自分たちは本当は勝ったのだと思う。イギリス中の人が、自分たちのしたことは正しくて相手方は間違っていると思う。イギリス中の人がグーグル検索をする。〝EUとは〟。イギリス中の人がグーグル検索をする。〝スコットランド移住〟。イギリス中の人がグーグル検索をする。〝アイルランドのパスポート申請〟。イギリス中の人が、互いに腰抜けとののしり合う。イギリス中の人が身の危険を感じる。イギリス中の人が馬鹿笑いをする。イギリス中の人が、自分たちの正統性が認められたと感じる。イギリス中の人が大事なものを奪われて、ショックを受ける。イギリス中の人が正義を振りかざす。イギリス中の人が吐き気を覚える。イギリス中の人が歴史の重みを肩に感じる。イギリス中の人が歴史の無意味さを感じる。イギリス中の人が自分の無力さを感じる。イギリス中の人が希望の印を胸にピン留めする。イギリス中の人が雨の中、旗を振る。イギリス中の人が鉤十字を落書きする。イギリス中の人が他の人を脅す。イギリス中の人が別の人に出て行けと言う。イギリス中のメディアがおかしくなる。イギリス中の政治家が嘘をつく。イギリス中の政治家がばらばらになる。イギリス中の政治家が消える。イギリス中の約束が消えてなくなる。イギリス中のお金が消えてなくなる。イギリス中のソーシャルメディアは平常運転。イギリス中で、問題が複雑化する。イギリス中で、誰もその話をしなくなる。イギリス中で、誰もそれ以外の話をしなくなる。イギリス中で人種差別的な発言が普通になる。イギリス中の人が、移民が嫌いなわけではないと言う。イギリス中の人が、規制することが大事なのだと言う。イギリス中で、すべてが一晩のうちに変わる。イギリス中で、持てる者と持たざる者の顔ぶれは変わらない。イギリス中で、いつもと変わらぬ一握りの人々が、いつもと変わらぬ大多数の人々から金を搾り取る。イギリス中で、金、金、金、金。イギリス中で、金がない、金がない、金がない、金がない。

イギリスのあちこちで、国がばらばらになる。イギリスのあちこちで、国が漂流を始める。イギリスのあちこちで国が分裂し、こっちにはフェンスが立てられ、あっちには壁が作られて、こっちには線が引かれ、あっちでは線を越える人が出てくる。

こっちには、越えられない線《ライン》、

あっちには、越えない方がいい線《ライン》、

こっちには、美の境界線《ライン》、

あっちでは、ラインダンス、

こっちには、人がその存在さえ知らない線《ライン》、

あっちには、人がとてもそこまで行けない線《ライン》、
まったく新しい砲列線《ライン・オブ・ファイア》、
戦列《ライン・オブ・バトル》、
直線の果て《エンド・オブ・ザ・ライン》（「終着駅」「最後の最後」「行末」などの意味に解釈できる）、
こっちにも／あっちにも。

それは二〇一五年九月下旬、いつも通りに暖かい月曜日、フランス南部はニースでのこと。街を歩く人は県庁の建物《ル・パレ・デ・ラ・プレフェクチュール》を見上げていた。建物の正面にはバルコニーに張り付くように、真っ赤な長い垂れ幕が上から下まで掛かり、その上部には鉤十字が記されていた。中には悲鳴を上げる人もいた。人々はせわしなく大声を上げたり、垂れ幕を指差したりしていた。

それは単に、ある回想録を映画化している撮影隊が、県庁の建物を使ってオテル・エクセルシオールを再現しているだけのことだった。そのホテルは、ゲシュタポが連合国に降伏したイタリアに代わって進駐し、ナチス親衛隊将校アロイス・ブルンナーがオフィスを構え、生活をした場所だった。

デイリー・テレグラフ紙は翌日、映画撮影隊の行動について市民に充分な告知がなされていなかったのを市当局が謝罪したこと、そして混乱や苛立ちはすぐに自撮りをする人混みに変わったことを報じた。

デイリー・テレグラフ紙は記事の最後で、オンラインアンケートを行っていた。市民がこの垂れ幕に腹を立てるのは当然だと思いますか？　はい／いいえ。

投票者は約四千人。七十パーセントは「いいえ」と答えた。

それは一九四三年九月下旬、いつも通りに暖かい金曜日、フランス南部はニースでのこと。当時二十二歳のハンナ・グルック（身分証明書にはエイドリアン・アルバートと記載されていて、本名は書かれていなかった）は、トラックの荷台に直接座っていた。トラックは既に女ばかりを九人拾っていたが、ハンナの知っている顔は一つもなかった。彼女は向かい側に座っている女と視線を交わした。女は視線を下げ、また顔を上げて、もう一度ハンナと目を合わせた。それから、二人とも視線を落とし、トラックの荷台をじっと見た。

トラックに随伴する車はなかった。前には運転手と衛兵とかなり若い将校、後ろにはさらに若い衛兵が二人。トラックは半分だけ幌で覆われていた。通りにいる人からは、彼らの頭と衛兵だけが見えた。ハンナがトラックに乗るとき、将校が荷台にいる衛兵の一人に指示をする声が聞こえた。大きな声は出すな。

しかし、街の人々は何も気付かなかった。あるいは気付かぬふりをしていた。誰もが見ているのに、目をそむけた。みんなに見えていた。それなのに、誰も見ていなかった。

通りは明るく華やかだった。太陽からの驚くほど美しい光は建物に反射して、トラックの荷台を照らした。

トラックがまた路地で停まり、新たに二人を乗せたとき、ハンナは再び向かいの女と目が合った。女はほんの微かにうなずいて同意を示した。

トラックが停車した。道路の混雑だ。彼らが選んだのはこの上なく愚かなルート。ちょうどいい、と彼女の嗅覚が告げた。金曜の魚市場。人でごった返している。

ハンナは立ち上がった。

衛兵の一人が彼女に座るように言った。

向かい側の女が立ち上がった。それを合図にして、荷台にいた全員が一人ずつ立ち上がった。衛兵は大声で座れと言った。衛兵は二人とも声を張り上げた。一人は女たちに向かって銃を振った。

この街はまだこんなことに慣れてはいない、とハンナは考えた。

どきなさい、とハンナに向かってうなずいた女が衛兵たちに言った。私たち全員を殺すのは無理よ。

その子たちをどこに連れて行くの？

一人の女がトラックの横に歩み寄って、中を覗いていた。市場から出て来た女たちがその後ろに集まり始めた。上品な女性、スカーフを頭に巻いた魚売りの女、年配の女。

すると将校がトラックから降りて、その子たちをどこに連れて行くのと口出しした女を押した。女は倒れ、車止めの石の柱に頭をぶつけた。上品な帽子が地面に落ちた。

道路脇に小さな人だかりを作った女たちが一斉に前に出た。耳に聞こえそうな静寂。静寂は影のように、雲が大地を覆うように市場に広がった。

この静寂は野生動物が静かになるのと似ている、とハンナは思った。真っ昼間なのに辺りが日食で夜みたいになったときに鳥の鳴き声が静まるのに似ている。

すみません、皆さん、とハンナは言った。私はここで降ります。

トラックに乗せられた女たちは道を空けて彼女を通し、後に続く。

それは一九九五年十月、別の金曜日のこと。学校は秋学期の中間休暇。エリサベスは十一歳だ。今日はお隣のグルックさんがあなたの面倒を見てくれる、と母は言った。あたしはまたロンドンに行かなくちゃならない。

ダニエルに見てもらわなくても私は大丈夫、とエリサベスは言った。

あなたはまだ十一歳、と母は言った。あなたに選ぶ権利はないの。それから、あの人のことをダニエルと呼ぶのはやめなさい。グルックさんって呼んで。礼儀正しく。

お母さんに礼儀の何が分かるの？とエリサベスは言った。

母は娘に鋭い目を向けて、あなたはお父さんに似ているという意味のことを言った。

よかった、とエリサベスは言った。だって、お母さんに似るのは嫌だもん。

エリサベスは母が出た後、玄関に鍵を掛けた。裏の扉にも鍵を掛けた。そして居間にはカーテンを引き、新しい家具三点セットにどれだけの耐火性があるかを確かめるために、火の点いたマッチを何本かソファーに落とした。

カーテンの隙間から、ダニエルが玄関に向かってくるのが見えた。彼女は玄関を開けないと決めていたけれども、結局、開ける。

こんにちは、と彼は言った。何を読んでいるのかな？

エリサベスは何も持っていない手を彼に見せる。

何か読んでいるように見える？と彼女は言った。

いつでも何かを読んでいなくちゃ駄目だ、と彼は言った。文字通りに本を読んでいないときでも。じゃないと、世界を読むなんて不可能だろう？　読むというのは不断の行為だと考えた方がいい。

不断の行為？とエリサベスは言った。

休みなく、普段でもすること、とダニエルは言った。

二人は運河沿いの散歩に出掛けた。誰かとすれ違うたびに、ダニエルは挨拶をした。挨拶を返す人もいれば、返さない人もいた。

知らない人に話し掛けるのはよくないんだよ、とエリサベスは言った。

私くらい年を取ったら、知らない人に話し掛けてもいいんだ、とダニエルは言った。君くらいの年齢の人だと話は違うがね。

私はこの年齢でいることにうんざりよ、選択肢がないことにもうんざり。

気にすることはない、とダニエルは言った。あっという間に年を取るさ。さてと。教えてくれるかな。君は何を読んでる？

最後に読んだのは『ジルの馬術競技会《ジムカーナ》』って本、とエリサベスは言った。

ほう。それで君はその本を読んで何を考えた？とダニエルは言った。

それって、本の内容はどんなのだったかってこと？とエリサベスは言った。

それでもいいよ、とダニエルは言った。

父親を亡くした女の子の話、とエリサベスは言った。

興味深い、とダニエルは言った。タイトルだけ聞いたら、馬の話みたいに思ってたよ。

もちろん、話の中には馬がたくさん出てくる、とエリサベスは言った。ていうか実は、亡くなる父親は物語には出てこない。一回も登場はしない。ただし、父親がいなくなったことがきっかけで、その一家は引っ越しをして、お母さんは働きに出なくちゃいけなくなって、娘は馬に興味を持ち始めて、馬術競技会に出ることになる。

けど、君のお父さんは亡くなったわけじゃないんだよね、とダニエルは言った。

うん、とエリサベスは言った。今はリーズに住んでる。

馬術競技会《ジムカーナ》という単語は、とダニエルは言った。すばらしい言葉だ。いくつかの言語から芽生えてきたものなんだよ。

単語は芽生えたりしない、とエリサベスは言った。

いいや、芽生える、とダニエルは言った。

だって言葉は植物じゃないもん、とエリサベスは言った。

言葉は生き物だ、とダニエルは言った。

生き物は息をする、とエリサベスは言った。

言葉は〝言《こと》の葉《は》〟なんだ、とダニエルは言った。言葉はケシ《ポピー》に似てる。ちょっと土を耕してやると、眠っていた言葉が芽を出す。鮮やかな赤い花が一面に新たに咲く。そして莢《さや》の中で種が音を立てて、種が落ちる。そうしたら次は、もっとたくさんの言葉が芽を出す。

私のことでも私の人生に関わることでもないし、母の人生とも全然関係のない質問を一つしてもいい?とエリサベスは言った。

何でも訊きたいことを訊いていいよ、とダニエルは言った。でも、いい答えが思い付かないときもあるから、どんな質問にも答えると約束することはできない。

それでいいよ、とエリサベスは言った。人と一緒にホテルに行って、でも他方で、世話をしなければいけない子供に対しては別のことをしているふりをする。今までにそんな経験をしたことはある?

ああ、とダニエルは言った。でも答える前に、君の質問の中に、暗に、道徳的な判断が含まれているのかどうかを知りたい。

グルックさん、今の質問に答えたくないならそう言わないと駄目だよ、とエリサベスは言った。

ダニエルはひとしきり笑ってから、静かになった。

まず、君の質問が何を訊きたいのかが問題だね、と彼は言った。ホテルに行く行為に重点があるのかな? それとも、ホテルに行く人と行かない人という問題? それとも、ふりをするというのが問題? それとも、子供に対して何かを取り繕う行為が問題なのかな?

うん、とエリサベスは言った。

その場合、今の質問は私個人に向けられているのかな、とダニエルは言った。私自身が誰かとホテルに行ったことがあるかどうか? そしてそのとき、別の誰かに対して、そんなことはしていないふりをしたかどうか？　それとも、私が嘘をついたかつかなかったかした相手が、大人ではなく子供だったかどうか？　それとも、問題はもっと一般的なことで、子供に対して何かを取り繕うのが間違ったことかどうかを知りたいのかな？

その全部、とエリサベスは言った。

君はとても頭のいい子供だ、とダニエルは言った。

私は大学《カレッジ》に行くつもり、とエリサベスは言った。経済的に可能なら。

いや、大学《カレッジ》はやめておきなさい、とダニエルは言った。

行きたいんだもん、とエリサベスは言った。うちの家族で大学に行ったのはお母さんが初めて。私が二人目になる。

行くならコラージュがいい、とダニエルは言った。

私は大学《カレッジ》に行きたい、とエリサベスは言った。そして教育を受けて、資格を取って、いい仕事に就いて、いっぱいお金を稼ぐ。

うん、でも、何を勉強するんだい？とダニエルは言った。

まだ分からない、とエリサベスは言った。

人文系？　法律？　観光学？　動物学？　政治？　歴史？　芸術？　数学？　哲学？　音楽？　外国語？　古典？　工学？　建築？　経済？　薬学？　心理学？とダニエルは言った。

その全部、とエリサベスは言った。

じゃあやっぱり、コラージュに行くのがいい、とダニエルは言った。

言葉を間違えてるわ、とエリサベスは言った。グルックさんが今言ったのは、写真を切り抜いたり、色紙をいろんな形に切ったりしたのを紙に貼ったもののことだよ。

異議あり、とダニエルが言った。コラージュというのはあらゆる規則を捨て去った教育機関のこと。そこでは大きさ、空間、時間、前景、背景みたいなものがすべて相対化される。その結果、自分が知っていると思っていたものがことごとく新たなもの、見知らぬものに生まれ変わる。そんな場所さ。

それって、ホテルに関する質問と同じ戦術で逃げ切ろうとしてるの?とエリサベスは言った。

本当の答えが聞きたい?とダニエルが言った。その通り。君はどっちのゲームがやりたい?二択にしよう。一つ目。すべての絵には物語がある。二つ目。すべての物語には絵がある。

〝すべての物語には絵がある〟ゲームってどういうの?とエリサベスは言った。

私があるコラージュについて説明をするから、とダニエルは言った。君がそれについての感想を言うんだ。

実際にはそのコラージュを見ずにってこと?とエリサベスは言った。

君は想像の中で見る、と彼は言った。私は記憶の中で見る。

二人はベンチに腰を下ろした。子供が二人、先の岩場で釣りをしていた。彼らが連れてきた犬が岩場に立ち、体を振って運河の水を跳ね飛ばしていた。犬が飛ばした水が扇状に広がり、それが体に当たると、少年たちは金切り声を上げて笑った。

絵か物語か?とダニエルは言った。さあ、選んで。

絵、と彼女は言った。

オーケー、とダニエルは言った。目を閉じて。閉じたかな?

うん、とエリサベスは言った。

背景は豊かな青色だ、とダニエルは言った。空よりずっと暗い青。青色の上、絵の真ん中に、淡い色の紙が貼られている。満月のような真ん丸。月の上に、新聞かファッション雑誌から切り取られた水着姿の女の白黒写真が貼ってある。大きさは月より大きい。その隣に大きな人間の手があって、女が手にもたれかかっているように見える。そして、大きな手は小さな手、赤ん坊の手を握っている。もっと正確に言うと、赤ん坊の手も大きい方の手を握っている。親指をつかむような形だ。その下に、様式化された女性の絵がある。そんな同じ顔がいくつか並んでいるんだが、鼻先まで垂れているカールした前髪は本物の髪の毛で、一つずつ色が違っている——

美容院にあるような感じ? 髪のカラーサンプルみたいな?とエリサベスは言った。

その通り、とダニエルは言った。

彼女は目を開けた。ダニエルは目を閉じていた。彼女は再び目を閉じた。

そして遠いところに、絵の下の方の青い部分に船が描かれている。船は帆を上げているけれども、大きさは小さい。コラージュ全体の中で、いちばん小さな要素だ。

オーケー、とエリサベスは言った。

最後に、ピンクのレースみたいなものがある。つまり実際に、本物のレースが二か所ほどに貼り付けてあるんだ。上に近い部分と、下の方から絵の真ん中にかけて。説明は以上。思い出せるのはそこまでだ。

　エリサベスは目を開けた。すると、一瞬後にダニエルが目を開けるのが見えた。

　エリサベスはその夜、ソファーで横になり、テレビの前でうとうとしそうになったとき、彼の目が開く瞬間を思い出すことになる。それは例えば、たまたま街灯がともる瞬間を目撃したような感じだった。まるでプレゼントをもらったみたいな、チャンスを手に入れたみたいな、あるいはその瞬間によって自分が一人だけ選び出されたみたいだった。

　さあ、どう思う?とダニエルは言った。

　青とピンクという組み合わせはいいと思う、とエリサベスは言った。

　ピンクのレース。深い青の絵の具、とダニエルは言った。

　ピンクのところがレースだったら触れるのがいい、青の部分とは感触が違いそうだし。

　うん、いい感想だ、とダニエルは言った。とてもいい感想だね。

　大きな手が小さな手を握るのもいいけど、小さな手が大きな手を握っているのもいい感じ、とエリサベスは言った。

　今日の私は、船が特にいいと思う、とダニエルは言った。帆を上げたガリオン船。記憶が間違っていなければだけどね。絵が今でもあそこにあれば。

　それってつまり今、説明したのは本物の絵だってこと?とエリサベスは言った。適当にでっち上げたんじゃなくて?

　本物だよ、とダニエルは言った。少なくとも、前には存在した。友達が作った作品だ。ある芸術家がね。でも、記憶を頼りに絵を再現している。君の想像力を刺激することができたかな？薬物《ドラッグ》をやったみたいな感じ、とエリサベスは言った。

ダニエルは運河沿いの道で立ち止まった。

まさか、薬物《ドラッグ》はやってないよね、と彼は言った。やったことある？

ううん、でも、やったとしたら、いろんなことが同時に頭に思い浮かんで、頭の中が混雑して、ちょっとさっきのコラージュみたいになりそう、とエリサベスは言った。

やれやれ。家に帰った後、今日の午後は二人で薬物《ドラッグ》をやってたってお母さんに言ったりしないでくれよ、とダニエルは言った。

それって、見に行くことできる？とエリサベスは言った。

何を見に行くって？とダニエルは言った。

コラージュ、とエリサベスは言った。

ダニエルは首を横に振った。

あれが今どこにあるのか私には分からない、と彼は言った。とっくの昔に失われてしまったかも。あの作品も他の作品も、今ではどこにあるのか誰にも分からない。

そもそもどこで見たの？とエリサベスは言った。

見たのは一九六〇年代の初めだった、とダニエルは言った。

まるで時代が場所であるかのような言い方だった。

彼女がコラージュを制作した日に、私はその現場にいたんだ、と彼は言った。

彼女って?とエリサベスが言った。

ウィンブルドン美術学校のブリジット・バルドー、とダニエルは言った。

誰それ?とエリサベスは言った。

ダニエルは腕時計を見た。

さあ、美大生さん、と彼は言った。かわいい私の弟子。家に帰る時間だ。

時間は飛ぶように過ぎる、とエリサベスは言った。

うん、そうだね。たしかに、とダニエルは言った。文字通り、時は飛ぶ。これをご覧。

エリサベスはここまでのやり取りをあまり覚えていない。

しかし彼女は、幼い頃、運河沿いを二人で歩いていたときに、ダニエルが腕から時計を外して、運河に投げ込んだのを覚えている。

彼女はそのときの興奮《スリル》を覚えている。絶対的な宙吊り感。

岩場にいた二人の少年がこちらを振り向き、時計が頭の上で弧を描いて運河に落ちるのを見ていた姿も彼女は覚えている。宙を舞ったのはただの石やごみではなくて、時計、ダニエルの時計で、少年たちにはそれを知りようもなくて、彼女とダニエルだけが事の重大性を知っていたということも、彼女は覚えている。

ダニエルが選択肢を与えたことも彼女は覚えている。**投げるか、投げないか。**

彼女は自分がどちらを選んだか覚えている。**投げる。**

彼女は驚くべきネタを持って家に帰り、母親に話したのを覚えている。

もう一つ、違う時期の話。エリサベスは当時十三歳で、今の彼女にはやはり断片的な記憶しか残っていない。

それはともかく、どうしてあなたはあのゲイの老人と仲良くしてるわけ？

（そう言ったのは母だ。）

私は別に父親固着《ファザコン》じゃない、とエリサベスは言った。それにダニエルはゲイじゃない。ヨーロッパ人ってだけのこと。

グルックさんと呼びなさい、と母は言った。それに、どうしてゲイじゃないってあなたに分かるの？　仮にそうだとしたら、ゲイじゃないとしたら、じゃあ、あなたに何の用があるわけ？

いえ、仮にそうだとしても、とエリサベスは言った。あの人は単なるゲイじゃない。あの人は単なる何かじゃない。誰のこともそんなふうに決めつけることはできない。お母さんだって。

母はそのとき、超過敏になって、超いら立っていた。その原因はエリサベスがもう十二歳でなく、十三歳だということと関わっているらしい。原因が何であれ、超むかつく事態だった。

生意気を言うんじゃないの、と母は言った。あなたは十三歳なのよ。十三歳の女の子と仲良くしたがる老人にはもう少し気を付けないといけない。

友達なんだもん、とエリサベスは言った。

あの人は八十五歳、と母は言った。八十五歳の老人がどうしてあなたの友達になれるわけ?

どうして普通の十三歳の子供みたいに普通の友達が持てないの?

それは〝普通〟の定義による、とエリサベスは言った。お母さんの〝普通〟の定義は私のと違う。私たちはみんな相対性の世界に生きてるんだから、私の今の定義はお母さんの定義とは違うし、今後も同じになることはない。

そういうしゃべり方、どこで覚えてくるの?と母は言った。散歩のときにそのしゃべり方を習ってるわけ?

私たちは散歩するだけ、とエリサベスは言った。ただおしゃべりするだけ。

何の話を?と母は言った。

特に決まってない、とエリサベスは言った。

あたしのことは?と母が言った。

まさか!とエリサベスは言った。

じゃあ何?と母は言った。

いろいろ、とエリサベスは言った。

いろいろって何?と母は言った。

いろいろはいろいろ、とエリサベスは言った。あの人は私に本とかのことを教えてくれる。

本、と母は言った。

本。歌。詩人、とエリサベスは言った。あの人はキーツのことも知ってる。霧の季節（キーツの詩「秋に寄せて」で秋のこと）。アヘン屋を開く詩。

何を開くですって？と母は言った。

それにディランのことも知ってる、とエリサベスは言った。

ボブ・ディラン？と母は言った。

ううん、もう一人のディラン（詩人のディラン・トマス（一九一四―五三）のこと）、とエリサベスは言った。あの人はディランの詩を暗記してる。たくさん。でも、ボブ・ディランにも会ったことがあるそうよ。たまたま、ボブ・ディランが友達の家に遊びに来てたんだって。

ボブ・ディランと友達だってあの人が言ったの？と母は言った。

違う。会ったことがあるって。昔、冬に。友達の家で、床に寝てたんだって。

ボブ・ディランが？　床に寝てた？と母は言った。その話、怪しいわね。ボブ・ディランは昔から世界的な大スターなのよ。

それにあの人、お母さんの好きなあの詩人も知ってた、自殺した詩人、とエリサベスは言った。

シルビア・プラス？と母は言った。自殺の話を？

お母さんにはいちいち話が通じないね、とエリサベスは言った。

ある老人がうちの十三歳の娘に自殺の話やボブ・ディランに関するでまかせを次々に聞かせてるってことはあたしにも分かったわ、と母は言った。

とにかく、私たちが詩を口にしたり読んだりできる限り、それを書いた詩人がどんなふうに死のうと関係ないって、ダニエルは言ってた。もう悲しまないっていう詩とか、暗闇の娘たちは今でもガイ・フォークスみたいに炎を上げているとか、とエリサベスは言った。

プラスらしくない詩だわ、と母は言った。うん、あたしが読んだ詩の中にはまず間違いなくそんな一節はなかった。あたしは彼女の詩は全部読んだんですからね。

今のはもう一人のディランの詩。それとか、愛の葉は冬になっても緑のままとか、とエリサベスは言った。

グルックさんは愛について、他にどんな話をあなたに聞かせてるの？と母は言った。

何も。あの人が聞かせてくれるのは絵の話、とエリサベスは言った。絵画。

絵を見せられたの？と母は言った。

知り合いのテニスプレーヤーが描いた絵、とエリサベスは言った。でも、普通の人が見に行ったりはできないんだって。だから、絵についての話を聞かせてくれた。

どうしてその絵は見に行けないわけ？と母は言った。

とにかく行けないの、とエリサベスは言った。

プライベートな絵ってこと？と母は言った。

違う、とエリサベスは言った。その絵は、何ていうか、とにかくあの人はそれを見たことがあるの。

テニス選手の絵？と母は言った。テニスの選手が何をしている絵？

いい加減にして、とエリサベスは言った。

ああ、もう、と母は言った。あたしは何てことをしてしまったのかしら？

お母さんは長年、私の子守り役としてダニエルを都合よく使ってきた、とエリサベスは言った。さっきも言ったけど、グルックさんと呼びなさい、と母は言った。それにあたしはあの人を都合よく使ったわけじゃない。それは嘘。それと、ちゃんと聞かせて。詳しく教えなさい。何の絵？

エリサベスは言葉にならない苛立ちを声にした。

知らない、と彼女は言った。人とか。物とか。

絵の中の人は何をしてるの？と母は言った。

エリサベスはため息をついた。そして目を閉じた。

目を開けなさい、エリサベス、と母は言った。

目を閉じないと絵が見えないの、とエリサベスは言った。いい？　うん。マリリン・モンローが薔薇《ばら》に囲まれてる。そして周りには、鮮やかなピンク、緑、グレーの波が描かれてる。ただし、マリリンの本物を絵にしたんじゃなくて、彼女の写真を基に絵が描かれてる。これは大事なポイントだから覚えておいて。

へえ、それが大事？と母は言った。

例えば、私がお母さんの写真を撮ってその写真を絵にするのと、お母さんを絵にするのとは違うでしょ。それから薔薇も、本物の薔薇というより、花柄の壁紙に少し似ている。でも、薔薇は壁紙から飛び出して、まるで彼女を抱き締めるみたいに襟元に伸びている。

抱き締める、と母は言った。なるほど。

それから、フランス人の絵。昔、フランスで有名だった男の人が帽子をかぶって、サングラスをしてる。帽子の上に巨大な赤い花みたいに赤い花びらがどっさり載ってる。男の人は新聞の写真みたいに灰色と白と黒で描かれていて、背景は鮮やかなオレンジ。一部は、小麦畑か金色の草むらみたい。男の人の上には、ハートが横一列に並んでいる。

キッチンテーブルの前に座っていた母は、両手で自分の目を覆っていた。

先を続けて、と彼女は言った。

エリサベスは再び目を閉じた。

次は女の人を描いた絵。有名な人じゃない。普通の女の人が笑いながら、青い空を背景に両腕を上げてる。その背後、下の方には山脈が見える。でも、山はすごく小さくて、カラフルなジグザグ模様も添えてある。女の人には体もなくて、服も着てない。体の内側は写真でできていて、いろいろなものの写真が貼ってある。

あの人は女の人の体について話をしたの、女の体の内側の話を、と母は言った。

違うってば、とエリサベスは言った。あの人がしたのは、体が体になってなくて、写真でできている女の人の話。お母さんが思ってるのと全然違う。

何の写真？ 写真には何が写ってるの？と母は言った。

いろいろ。世界で起きているいろいろなこと、とエリサベスは言った。ヒマワリ。ギャング映画に出てくるような、マシンガンを持った男。工場。ロシア人風の政治家。フクロウ。爆発する飛行船――

それで、グルックさんはそういう絵を頭で作り上げて、女の人の体の内側に入れるの？と母は言った。

違う、絵は本物、とエリサベスは言った。〝男の世界〟っていうタイトルの作品がある。そこには、大きなお屋敷と、ビートルズと、エルヴィス・プレスリーと、大統領が車の後部座席で狙撃される場面が描かれている。

その時点で、母は本物の悲鳴を上げ始めた。

だからエリサベスは、巨大な剪定鋏《せんていばさみ》で子供の首が切られているコラージュや、巨大な手がアルバート・ホールの屋根から飛び出しているコラージュの話をすることはやめた。

彼女は、向こう向きの椅子に素っ裸の女が座っている絵の話はしなかった。それはかつて、イギリスの政府をひっくり返した女（後出のクリスティーン・キーラーのこと）だった。背景は真っ赤な絵の具。ところどころが黒く汚されている。その様子はまるで死の灰みたいだ、とダニエルは言った。

それでも、母は話の最後に食い下がった

（エリサベスは約二十年が経った今も、一言一句正確にこのやり取りを覚えている）

不自然。

不健康。

駄目よ。

いけません。

もう話は終わり。

一分前は六月。今、天気は九月。作物は豊かに実り、間もなく刈り入れ。畑は明るく黄金色に輝いている。

十一月まで、あとわずか一か月？　考えられない。

日中はまだ暖かい。日陰は少しひんやり。一日一日、日が暮れるのは早くなり、寒くなり、日差しは弱くなる。

七時半には真っ暗。七時十五分には真っ暗。七時には真っ暗。

木々の緑は八月からくすみ始める。実際には七月から。

でも、いまだに咲く花がある。生垣はまだ元気。リンゴの収穫は最盛期。木にもまだ実がたくさん残っている。

電線に止まる鳥たち。

アマツバメは数週間前にいなくなった。もうここから何百キロも離れたところに行っているだろう。海の向こうに。

2

あれ？　老人（ダニエル）が目を開けると、目が開けられないことに気が付く。

どうやらヨーロッパアカマツの幹そっくりのものの内側に閉じ込められているみたいだ。

少なくとも、マツの匂いがする。

しかし確かめることはできない。体を動かすことができない。木の内側には、体を動かす余地がほとんどない。口と目は樹脂で封じ込められている。

でも正直に言うと、これよりもっとまずい味がするものはいくらでもある。ヨーロッパアカマツの幹は細いものが多い。背が高くて真っ直ぐ。電信柱に適した樹木。産業が炭坑作業員に頼っていた時代、坑道の安全が天井を支える柱に頼っていた時代に、支柱として使われた木材。

もしも死ぬ以外に選択肢がなくなったら、何か人の役に立つものになるのがいい。伐採されても、死後、方々の人をメッセージで結ぶ電信柱になるなら悪くない。マツは背が高い。背の低い針葉樹《コニファー》に閉じ込められるよりはずっといい。

ヨーロッパアカマツのてっぺんからは、かなり遠くまで見渡せる。

ベッドの中にいるダニエル、木の内側にいるダニエルは少しも慌てない。閉所恐怖に陥ることもない。体が動かないことを除けば、ここにいるのも悪くないし、たぶんいつまでも続くことはないだろう。希望を持とう。いや、実際、ただの古木ではなくて、ここまで年季の入った、融通の利く、高貴な木の内側に閉じ込められた彼は、身動きできなくても喜んでいる。広葉樹よりはるかに昔からある樹木。柔軟な木。ヨーロッパアカマツはわずかの土しか必要とせず、驚くほど長生きで、何百年も生き続けることができる。でも、他ではなくこの木の内側にいていちばんいいのは、普通の木よりも色に多様性があることだ。ヨーロッパアカマツの森は青みがかった緑色になる。そして春には、画家が使う鮮やかな黄色の顔料に似た花粉を飛ばす。周囲に大量に舞う花粉は、手品師がトリックで使う煙のように人の目をくらませる。昔、大昔、自分には特別な力があると皆に信じさせたい人は、この花粉を体の周りにまいた。彼らは森に入って、集めた花粉を持ち帰り、それを演出に使った。

マツ《パイン》の木の中に封じ込められたというと、さぞ不快だろうと思う人がいるかもしれない。ああ、愚痴《パイン》を言ってる――そんなふうに思うかもしれない。でも、絶望的な気分は匂いで打ち消される。感じでいうと、よろいをまとうのに少し似ている。しかしそれよりはずっと快適。だって、木は長い年月とともに作り上げられた物質でできているから。

あ。

女の子。

どことなく、昔、新聞にたくさん出ていたあの写真に似てる、あの
名前は何だっけ、
キーラー。クリスティーン・キーラー（イギリスの売春婦（一九四二―二〇一七）。陸軍大臣との関係が軍事機密漏洩を疑われる「プロヒューモ事件」（一九六三）として騒がれ、政権の交代につながった）。

そうだ。彼女だ。

あの人が誰なのか、たぶんもはや誰も知らない。当時、歴史だと思っていたものは、今では脚注《フットノート》にすぎない。その注《ノート》にある彼女が今、裸足《ベアフット》であることに彼は気付く。夏の夜、立派なお屋敷の広間で、光の中に一人。そこは偶然（歴史、脚注）にも、〝統治せよ《ルール》、英国よ《ブリタニア》〟の歌が初めて歌われた場所でもあると彼は知っている。彼女はつづれ織り《タペストリー》の掛かった壁のそばに立ち、サマードレスを脱ごうとしている。

ドレスが床に落ちる。彼の木に付いた松ぼっくりが一斉に逆立つ。彼はうなる。彼女には何も聞こえない。

彼女は飾ってあったよろいをフックから外し、寄木張りの床に並べる。まず胸当てを自分の体に当てる（噂通り、確かに立派な胸だ）。次に横の穴に腕を通す。彼女の、ええと、下の下着のところはまったく金属で覆われていない。よろいをすべて身に着けたときそこが無防備になることに今気付いたかのように、彼女は金属の隙間に手をやる。

そして、残る下着をもぞもぞと下ろす。

下着が床に落ちる。

彼はうなる。

彼女が足を抜き、カーペットの上に下着を置きっ放しにする。床に落ちた下着はまるで、骨を抜いたクロウタドリ《ブラックバード》のようだ。

彼女は片方の脚に脚部よろいを着け、次に反対の脚に着ける。すると突然、少し声を上げ、悪態をつく——二つ目の脚部よろいの内側に、尖ったところがあったのか？　太ももの後ろで紐を結んでよろいを固定し、裸足の足を片方、巨大なブーツに差し入れる。そして両腕を金属製の腕部よろいに入れ、かぶと《ヘルメット》を手に取り、髪の上からかぶる。スリット越しに籠手《こて》を探し、片方ずつ手に着ける。

金属製の手で眉庇《バイザー》を上げると目が覗く。

彼女は壁に掛けられた巨大な古い鏡の前に立つ。かぶとの奥から、金属的な笑い声が漏れる。再び、籠手の先で眉庇を下ろす。外から見える肉体は股間だけだ。

その後、紐で緩くしか留まっていないものが落ちたりしないよう、そっと動きだす。そして、まるでよろい一式が見掛けほど全然重くないかのように、カチャカチャという音を立てながら廊下を進む。

ドアの前まで来るとノブを回し、押す。ドアが開く。彼女は姿を消す。

彼女が今入った部屋で、騒がしい笑いが爆発する。

裕福《ウェル・ヒールド》な笑い声なんてありえるだろうか？

力強い笑いは普通の笑い声と違う？

金持ちの笑い声は決まって力強い。

これって何だか歌みたいだ、とダニエルは思う。

クリスティーン・キーラーのバラッド。

金持ち《ウェル・ヒーラー》。ディーラー。触る人《フィーラー》。叫ぶ人《スクイーラー》。彼女を隠せ《コンシール・ハー》。彼女を盗め《スティール・ハー》。ミセス・ピール、彼女《ハー》。

あ、いや。ミセス・ピール（イギリスで制作されたテレビドラマ『おしゃれ㊙探偵』に登場する女スパイ）がフィクションで登場するのはもっと後。この虚構《フィクション》の二年ほど後のことだ。

でもおそらく、ピールという名前は、少なくとも一つには、キーラーの〝キール〟を踏まえている。分かる人には分かる仕掛け。

彼は今、一般傍聴席で人混みに囲まれているが——ここはどこ？

裁判所。

中央刑事裁判所《オールド・ベイリー》。

あの夏。

よろいを身に着けるキーラーの姿は、単に彼の想像だ。ただの夢。実際にあったことだと噂はされているけれども。

でも次のこと、今から起きようとしていることは、彼が実際に目撃した出来事だ。

最初はキーラー対友人のウォード、整骨医、肖像画家のスティーブン・ウォード。よろいは着ていないが、物憂げな態度という薄板で武装した彼女。無感覚。仮面。完璧な扮装。異国風の雰囲気を伴った無表情。

彼女は陶酔《トランス》に入った人間のような言葉で、その場を陶酔《トランス》状態に変える。才気。空虚。セクシーな自動人形《オートマトン》。生ける人形。扇情的《センセーショナル》。一般傍聴席が公開ギャラリーに変わる。皆、考えることは同じだ。ただ、キーラーの友人のスティーブンだけは鉛筆を手に前列に座り、目の前の光景をスケッチしている。

　そうこうしているうちに日々が過ぎる。

　証人席に今、別の女が立っている。ミス・リカード。実を言うと、哀れなキーラーよりも階級の低い女だ。若くて、髪をきれいにセットして、赤毛を高く重ね、毛先だけ乱している。ダンサーだ。**あたしは男の人のところに行くのが仕事で、男の人からお金をもらう。**

　彼女はたった今、裁判所で、自分が以前警察でした証言は真実ではなかったと宣言したところだ。

　傍聴席の人々がさらに身を乗り出す。スキャンダルと嘘。売春婦のすること。でも、ダニエルの目には、しっかりと自分を主張しようとする女——よく見るとまだ子供だ——が見える。彼女の顔、立ち居振る舞いのすべてが恐怖に青ざめるのも見える。

　赤毛。

　青ざめた《グリーン》若い女。

　あたしは妹を少年院送りにされたくなかった、と女が言う。赤ん坊を奪われたくなかった。証言しないと妹と赤ん坊を取り上げるって警部さんに言われたんです。弟もパクるって脅されました。本当にそうなると思ったから証言しました。でも、中央刑事裁判所《オールド・ベイリー》では嘘はつかないことにしました。ピープル紙には本当のことをしゃべりました。なぜ嘘をついたのか、みんなに知ってもらいたいんです。

やれやれ。

なるほど、彼女は青い《グリーン》。

検事には猟犬《フォックスハウンド》のような雰囲気がある。彼は女をからかう。そして、もしも嘘だと分かってたのなら、そもそもどうして署名をしたのか、と彼女に尋ねる。

警察にちょっかいを出されたくなかったんです、と彼女は答える。

検事は彼女をいじめる。不満があったのならどうして今までそういうことを言わなかったんですか?

誰に文句を言えばよかったんです?と彼女は言う。

じゃあ、わざと嘘をついていたわけですね。

はい、と彼女は言う。

傍聴席のダニエルの見ている前で、証人席を囲む手すりに置かれた彼女の手から小さな枝と新芽が伸びる。芽が開く。指先から葉が現れる。

判事は彼女に、法廷でどちらのバージョンを話すか一晩よく考えるようにと助言する。

一瞬のまばたき。

次の日。

女がまた証人席にいる。今日の彼女はほぼ全身、若木のようだ。葉っぱっぽくないのは顔と髪だけ。神話の中で神に襲われそうになった少女のように、誰にも好き勝手にされないよう、彼女は一晩で姿を変えていた。

同じ男たちがまた、彼女に向かって大声を上げる。嘘をついたことについて嘘を言わない彼女に腹を立てている。どうして虚偽の証言についての話を警察ではなく、新聞記者にしたのかと検事は訊く。彼はその行動が不適切だと匂わせる。この女のような不道徳な人物がいかにもやりそうなことだ、と。

嘘を言うようにあたしに命令した人のところに行って本当の話をする意味が分かりません、と彼女は言う。

判事がため息をつく。そして陪審団の方を向く。

今の証言は忘れてください、と彼は言う。今のやり取りは無視してください。

これも何だか歌みたいだ。白い樹皮が伸び、彼女の口、鼻、目を覆うのを見ながら、ダニエルはそう考える。

シダレカンバ《シルバー・バーチ》のバラッド。

高教会《ハイ・チャーチ》。傾斜《ラーチ》。汚名《ビスマーチ》。魂の探求《ソウル・サーチ》。

ダニエル自身は裁判所から真っ直ぐ、愛する女の家に行く。

（彼は女を愛している。しかし、その名前を口にすることはできない。それほどまでに愛が深い。女は彼を愛していない。わずか数週間前に、彼女は別の男と結婚していた。夫の名前はちゃんと言える。クライブだ。

でも、先ほど見たのは奇跡ではないのか？

彼は自然の摂理を変えるものを見た。）

彼は雨の中、裏庭に立っている。あたりは暗い。彼は家の窓を見上げている。手と腕、顔、とっておきのシャツとスーツはごみ箱に触れたり、フェンスに登ったりしたせいで汚れている——まるで今でもそんなことができる若さであるかのように。

ジェイムズ・ジョイスの書いた「死者たち」という有名な短篇がある。その中で、一人の若者が凍てつく夜に家の裏に立ち、愛する女に歌を歌う。そして若者は女に恋い焦がれながら死ぬ。雪の中で風邪を引き、若くして死ぬ。ロマンティシズムの極み！　物語に出てくる女の心には、残りの生涯、若者の歌が常にキクイムシのように取り憑く。

うむ。ダニエル自身は若くない。それが一つの問題だ。彼が他の誰より愛している自信がある女性、愛を返されることなく一方的に彼が焦がれる女性は彼より二十歳若い。そしてつい最近——そう、これも大問題——クライブと結婚した。

さらにもう一つ、別の問題もある。歌が歌えないという問題。つまり、音痴。でも、歌を叫ぶことならできる。歌詞を叫ぶ。ただのありきたりな言葉でなく、自分自身の言葉だ。

それに彼女はクライブと知り合ってたった十日で結婚したのだ。希望はある。特にこの子には。

私を拒み続ける女のバラッド。

彼女の頭の回転に合わせて、テンポのいい曲を一つ。

だみ声《スローティー》の。ご満悦《グローティー》の。カラスムギ《ワイルド・オーティー》（の）。装飾音《グレース・ノーティー》（の）。誤引用《ミスクオーティー》（の）。挿話《アネクドーティー》（の）。決定投票《キャスティングボーティー》（の）。毛皮コート《ファー・コーティー》（の）。ペチコート《ペチコーティー》（の）。魚雷艇《トーピード・ボーティー》（の）。

（これはひどい。）

私は雄ヤギ《ビリー・ゴーティー》。

つんつんしないで《ドント・ビー・ホーティー》。

でも、どの窓にも明かりはともらない。家には誰もいないと認めるまでに、彼は雨の中で半時間立っている。つまり、彼は誰もいない家に向かって、まともに韻を踏んでいない言葉を叫び続けていたということ。

リビングの天井から吊されたおしゃれなブランコシートは自然に向きが変わり、暗闇の中でゆっくりとこちらを向くだろう。

何という皮肉。彼は間抜けだ。彼がここに来た事実さえ彼女が知ることはないだろう。

（その通り。彼女が知ることはなかった。

その次に起きたこと。それは起きた。そして歴史——皮肉《アイロニー》の別名——は機知に富んだ不正なやり方で進んでいき、機知に富んだ不潔な歌を歌い、娘は物語の中では若くして亡くなった。取り憑かれて。キクイムシに。体中。）

次に、木の中のベッドに閉じ込められた老人、ダニエルは少年に戻って、トウヒの深い森を抜ける列車に乗っている。彼は小柄でやせている。まだ十六歳だが、自分は一人前だと思っている。季節は再び夏。そこはヨーロッパ大陸だ。列車は大陸を走っている。大陸では社会情勢が少しざわついている。何かが起こりそう。実は既に起こりつつある。誰もがそれに気付いている。でも、誰もが何も起きていないふりをしている。

列車に乗る人々には、彼がよそ者であることが身なりで分かる。でも彼は現地の言葉をしゃべることができる。同じ列車に乗る人々はそのことを知らないけれども。というのも、誰も彼が誰なのかを知らないから。それに、隣に座っている妹のことも。誰も二人のことを何も知らない。そばにいる人が、人間一人一人の出自が正確に分かるような科学的、法的手段を開発することの必要性を論じている。

あの研究所には一人の教授がいて、とダニエルたちの向かい側に座った男が女に言う。その教授は身体的なデータの統計をとても科学的に記録するための最新の方法を考案しようとしているんだ。

へえ?と女が言う。

そしてうなずく。

鼻の幅、耳から耳までの間隔、とダニエルの向かいの男が言う。

男は女に言い寄っている。

体の各部位、特に頭部、目鼻などの測定によって、必要なことはかなり簡潔に分かる。目の色、髪の色、額のサイズなどね。以前も同じような試みがあったのだけれど、これほど専門的、これほど正確な研究は初めてだ。根本は測定と比較。でも集めた統計を長期的に見て選別するという、やや複雑な研究なんだ。

少年は妹にほほ笑みかける。

妹はここでずっと生きている。

彼女は勤勉に本を読んでいる。彼は肘でつつく。妹が顔を上げ、彼がウィンクする。

男女がしゃべっているのは妹の第一言語だ。彼女はその会話が露骨な当てこすりだと気付いている。会話の中身も正確に理解している。彼女はページをめくり、兄の顔をちらっと見た後、本の縁から向かいの男女を見る。

聞こえてるわ。でも、そんなの気にして、読書がはかどらないなんて嫌なの。

彼女は兄に英語でそう言う。そして兄に向かって顔をしかめ、その後また、本に目を戻す。

ダニエル少年がトイレに立つと、帽子をかぶり、ブーツを履いた男が列車の通路で通せんぼをする。男の上着にはポケットと紐がたくさん付いている。ゆったり伸ばされた男の腕は、他の車両やトイレへの通路を端から端までふさいでいる。列車がトウヒの森と農地を抜けるとき、男は車両の一部であるかのように、その動きに合わせて体を揺らしている。

人の胸幅そのものが〝陰険〟ということがありうるだろうか？

ああ、そう、ありうる。

男はだるそうに少年にほほ笑みかける。休憩する兵士の笑み。彼は少年がくぐれるよう、片方の腕を上げる。ダニエルが下を通っていると、兵士の腕が下りてきて、シャツの素材が頭のてっぺんの髪に触れる。

おっと《ホプラ》！と兵士が言う。

列車に乗る少年。
一瞬のまばたき。
ベッドの中の老人。
ベッドの老人は閉じ込められている。
木のオーバーコート
(の)。
私が住んでいるこの木を切り倒せ。幹をくり抜け。
私を最初から作り直せ、くり抜いた中身を使って。
新しい私を古い幹の中に入れろ。
私を燃やせ。木を燃やせ。まじない代わりに、来年作物が実ってほしい場所にその灰をまけ。
私を最初から産め
私と木を燃やせ
来たるべき夏の太陽
真冬の保証

今はまだ七月。エリサベスは町の中心にある、母の病院に行く。彼女は列に並んで待つ。順番が回ってくると、受付係にこう説明する。私の母が暮らす地域のかかりつけ医がこの病院にいて、私自身はこの地域の住人ではないので医者に診てもらいたい、たぶん緊急ということではないのだが、少し具合が悪いのだ、と。

受付係はコンピュータでエリサベスの母を探す。そしてエリサベスに、この病院には登録されていないと言う。

いえ、そんなはずはない、とエリサベスが言う。間違いなく登録されているはずです。

受付係は別のファイルをクリックして、部屋の奥に行ってファイリングキャビネットの引き出しを開ける。彼女は一枚の紙を取り出して読み、元に戻して引き出しを閉める。そして戻ってきて腰を下ろす。

彼女はエリサベスに、残念ながらお母様の名前はもうここの患者リストにはありませんと説明する。

母は間違いなくそのことを知りません、とエリサベスは言う。今でもここの患者だと思っています。どうしてリストから外されたんですか?

受付係は、これは個人情報に関わることなのだと言う。患者様に関する情報はご本人以外に話すことはできないんです。

それはともかく私は、この病院に登録して、誰かに診てもらえるんですか？とエリサベスが言う。気分が悪くて。早くお医者さんに診てもらいたいんです。

受付係は身分証明書を見せてくださいと言う。

エリサベスは大学の図書館カードを見せる。

少なくとも、雇用関係が続いている間は有効です、と彼女は言う。どこの大学も今、人件費を十六パーセント削っているみたいですけど。

受付係は辛病強い笑みを見せる（ここは病院なので）。

申し訳ありませんが、現住所と、できれば写真付きの身分証を見せていただかないと、と彼女は言う。

エリサベスはパスポートを見せる。

こちらのパスポートは期限が切れてますね、と受付係が言う。

そうなんです、とエリサベスが言う。今、更新手続きの最中で。

申し訳ありませんが、失効した身分証では受け付けることができません、と受付係が言う。運転免許証はお持ちですか？

エリサベスは受付係に、車の運転はしないと言う。

光熱費の請求書はどうです？と受付係が言う。

え、今?とエリサベスが言う。持ってきてないかってこと?

身分証明書の確認資料を求められたときのために、常に光熱費の請求書を持ち歩くようにするといいですよ、と受付係が言う。

オンラインで光熱費の支払いをしていて、もう紙の請求書なんて受け取っていない人たちはどうするんです?とエリサベスは言う。

受付係はじれったそうに、机の左側で鳴っている電話に目をやる。そして鳴っている電話を見たまま、普通のインクジェットプリンタで請求書をプリントアウトするのは全然難しいことじゃありません、と言う。

私は今、母のところにいるんですが、ここから百キロありますし、母はプリンタを持ってないんです、とエリサベスは言う。

受付係はエリサベスの母がプリンタを持っていないことに腹を立てているように見える。そして通院圏と患者登録について話し始める。母親が通院圏外に住んでいるのなら、あなたがこの病院に来る理由もない、と受付係は暗に言っているのだとエリサベスは悟る。

請求書を偽造して、プリントアウトするのも全然難しいことじゃありませんよね。他人になりすまして、とエリサベスは言う。そして詐欺をやっている人たちはどうなんです? プリントアウトした紙に名前があったら、それで本人ってことになるんですか?

彼女は受付係にアンナ・パヴロワを名乗る詐欺師の話をする。彼女のアパートには三年前からずっと、アンナ・パヴロワ宛の明細書がナショナル・ウエストミンスター銀行から届き続けている。既に何度もナショナル・ウエストミンスター銀行には苦情を言ったし、少なくとも十年前から同じアパートで暮らしている彼女には、その間、アンナ・パヴロワという名の人がその住所にいたことはないと間違いなく分かっているけれども。

それで結局、紙切れ一枚で何が分かるって言うんです？とエリサベスが言う。

受付係が彼女を見る。その顔は無表情だ。彼女はエリサベスにちょっと失礼と言って、電話を取る。

彼女は電話を受ける間、少し後ろに下がっているよう、エリサベスにしぐさで指示する。そして指示をより明確にするため、送話口を手で押さえ、電話主のプライバシーを考慮していただけますかと言う。

エリサベスの後ろには、この受付での手続きを待つ人々の小さな列が出来始めている。

エリサベスは代わりに郵便局に行く。

今日の郵便局は、セルフサービスの機械を待つ列を除けばガラガラだ。エリサベスは番号札を取る。三十九番。今、窓口で対応しているのが二十八番と二十九番らしいが、カウンターには、パネルの向こうにも手前にも、誰もいない。

十分後、一人の女が奥から出てきて、三十番と三十一番を大声で呼ぶ。誰も返事をしない。すると明かりの点いたパネルを操作しながら、三十番台の番号を次々に呼ぶ。

エリサベスはカウンターに進み、パスポートの入った封筒と新しいスピード写真を相手の女に渡す。写真の中の顔は間違いなく正しいサイズだ（試しに自分で測ってみた）。彼女は窓口確認送付手続き手数料の九ポンド七十五ペンスを先週支払ったことを証明する領収書を見せる。

旅行のご予定はいつですか?と女が言う。

エリサベスは肩をすくめる。計画はありません、と彼女は答える。

女は写真を見る。

残念ながら問題があります、と女が言う。

え?とエリサベスが言う。

ここの髪の毛は顔にかかっていてはいけません、と彼女は言う。

顔にはかかってません、とエリサベスは言う。そこは額です。髪は顔に触れてもいませんよ。

髪が顔にかかってはいけないんです、と女が言う。

その髪をどかして写真を撮ったら、とエリサベスが言う。それはもう、私と似てない顔になりますよね。私と違う顔のパスポート写真なんて、何の意味があるんですか?

髪が目にかかってますね、と女が言う。

女は椅子を下げて、トラベルキャッシュ(クレジットカードのように使えるチャージ式のカード)発行窓口まで写真を持っていき、そこにいる男に見せる。男が女と一緒にカウンターにやって来る。

こちらの写真には問題があるかもしれません、と男が言う。私の同僚の意見では、髪が顔にかかっているようです。

いずれにせよ、髪は大した問題ではありません、と女が言う。目が小さすぎるんです。

何それ、とエリサベスは言う。

男はトラベルキャッシュ窓口に戻る。女はさまざまな四角形の内側に目印や目盛りが印刷された透明なプラスチック器具の中でエリサベスの写真を動かす。

あなたの目はこの斜線部分にちゃんと収まっていません、と彼女は言う。位置がおかしいですね。ご覧のようにこれが真ん中の線で、鼻の両側に斜線の帯があります。残念ですが、こちらの写真は必要な条件を満たしていません。スピード写真でなく、写真スタジオのスピードスナップで撮影すれば――

先週、ここに来たとき、窓口の男性がまったく同じことを言ってました、とエリサベスは言う。この郵便局とスピードスナップの間に何か関係があるんですか？　誰かのきょうだいがスピードスナップで働いてるとか？

じゃあ、前にもスピードスナップを薦められたのに、それでも行かなかったんですね、と女が言う。

エリサベスは笑う。笑わずにいられない。女はスピードスナップに行かなかったことを真顔でとがめている。

女はプラスチック器具を手に取り、再び、顔写真に斜線部を重ねて見せる。

残念ですが駄目ですね、と女が言う。

いいですか、とエリサベスが言う。とにかくこの写真を旅券事務所に送ってください。私が責任を取ります。私はこの写真で大丈夫だと思いますから。

女は傷付いたという顔をしている。

もしも受け付けてもらえなかったら、とエリサベスは言う。私はまたここにあなたに会いに来て、あなたの言う通りだった、私が間違ってた、私の髪が間違ってた、目も全然おかしな場所に付いてたとお詫びします。

いいえ、だって、窓口確認送付手続きで書類を提出した場合、この申請について郵便局はもう関係なくなりますから、と女は言う。書類が向こうに届けば、あとは、不備に関してあなたに連絡するのは旅券事務所の仕事です。

そうですね、とエリサベスは言う。ありがとう。送っておいてください。責任は私が取ります。それと、もう一つお願いを聞いてもらえます？

女はぎょっとしている。

魚介アレルギーのある同僚の人によろしく伝えておいてもらえますか？　頭のサイズがおかしな女がよろしく言ってたって伝えてください。

その説明で？と女が言う。申し訳ありませんが、誰なのか分かりませんね。当てはまる人は何人もいます。

彼女はエリサベスの領収書にボールペンで書く。**こちらのお客様は自己責任で写真を送付。**

エリサベスは郵便局の外に立つ。悪かった体調はましになっている。ひんやりして、雨が降っている。

古本屋に行って本を買おう。

その後、ダニエルに会いに行こう。

一秒の数分の一の数分の一の時間でエリサベスのデータはコンピュータに入る。その後、受付係がスキャンの終わった入館カードを返す。

ダニエルは眠っている。前回と違う介護士が、マツの匂いのするクリーナーを使って部屋のモップ掛けをしている。

エリサベスは介護士たちは今後どうなるのだろうと考える。今までに会った介護士は全員、どこかよその国から来た人ばかりだったことに彼女は気付く。その日の朝、彼女はラジオで評論家がこう言うのを聞いていた。しかし、この国では〝移民〟に対して融和と正反対のことを、比喩的にも、実際にも促してきました。それにとどまらず、〝私たち自身〟も、比喩的にも実際にも、融和しないように努めてきたのです。私たちは自分勝手に振る舞っていい、社会なんてものが存在するとは思わなくていい、むしろ存在しないと信じるべきだとあのサッチャーに教えられてからというもの、私たちは人と融和しないよう自分で自分に言い聞かせてきたのです。

すると別の評論家がこう言った。そう来ると思ってましたよ。もうやめましょう。大人になってください。あなた方の時代は終わったんです。民主主義の負けなんです。

その口ぶりはまるで、民主主義というガラス瓶を割った凶器で人を脅しているかのようだった。

人々は互いに向かって何かを言ってはいるのだが、それが決して対話にはならない。今はそんな時代だ。

それは対話の終わりだ。

彼女は正確にはいつ変化が起きたのかを考えようとする。知らない間に、いつからそんなことになっていたのか。

彼女はダニエルのベッドの隣に腰を下ろす。眠るソクラテス。

お加減はどう、グルックさん？　眠る彼の枕元で彼女がそうささやく。

彼女は新しい／古い本を取り出して、冒頭のページを開く。**私の目的は、異なったものの形に姿を変えた身体たちについて語ることだ。神々よ、あなた方はそうした変化を含む万事を引き起こした主なのだから、私の試みを温かくお見守りください。そして世界の始まりから、今の時代まで、途切れることのない詩を紡ぎたまえ**（オウィディウス『変身物語』）。

今日のダニエルは子供のようだ。でも、その頭だけはかなり年を取っている。

彼女は眠るダニエルを見ながら、アンナ・パヴロワのことを考える。バレリーナのアンナ・パヴロワではなく、エリサベスの住所を使ってナショナル・ウエストミンスター銀行に口座を作った詐欺師のことを。

バレリーナと同じ名前を使う女なんて――仮にそれが女だとして――一体どういう詐欺師なのだろう？　アンナ・パヴロワという名前を使っても、ナショナル・ウエストミンスター銀行の人に何かを訊かれたりすることはないと本当にその女は思っていたのか？　それとも、今では口座の開設はすべて機械任せになっていて、機械はその種《しゅ》の問題には気付かないのか？

とはいえ、エリサベスにもよく分かっていない。それはさほど珍しい名前ではない可能性だってある。ひょっとするとこの瞬間、世界中には百万と一人のアンナ・パヴロワがいるのかも。もしかするとロシアでは、パヴロワというのはスミスに匹敵するほどよくある名字なのかも。

教養豊かな詐欺師。感受性豊かな詐欺師。表現力豊かで身軽、天才的な才能を持つプリマバレリーナ並みに伝説的な詐欺師。眠れる森の美女、瀕死の白鳥みたいな詐欺師。

彼女は母が以前、パック（シェイクスピア『夏の夜の夢』に出てくる妖精）のようにやせてなよなよした物腰のダニエルは若い頃には有名なダンサーだったのではないかと思い込んでいたことを思い出す——八十歳を超えても体がとても柔軟で、四十代のあたしより身軽に梯子を使ってロフトスペースに上がれるのはそのせいだ、と。

どっちがいいかな？とダニエルはエリサベスに訊いたことがある。お母さんに調子を合わせて、その通りです、私はマリー・ランベールのように最近引退したばかりのバレエダンサーなのですと言った方がいい？　それとも、もっとつまらない真実を話すべきか？

それは絶対に嘘の方がいい、とエリサベスは言った。

でも、もし嘘をついたらその後はどうなる、とダニエルは言った。

面白いと思う、とエリサベスは言った。その方が絶対に楽しい。

その後がどうなるか教えてあげよう、とダニエルが言った。こうだ。君と私は、私が嘘をついたことを知っている。でもお母さんはそれを知らない。つまり君と私は、お母さんが知らないことを知っているわけだ。すると、私たちのお母さんに対する態度ばかりじゃなくて、私の君に対する態度、君の私に対する態度も変わってくる。私たちみんなの関係にひびが入るんだ。君は私を信頼しなくなるだろう、それも当然だ、だって、私は嘘つきになるんだから。私たちはみんな、一つの嘘によって値打ちが下がる。さて。それでも君はバレエダンサーの方を選ぶかな？　それとも、私は残念な真実を話した方がいい？

私は嘘がいい、とエリサベスは言った。お母さんは私が知らないことをたくさん知ってるんだから、私が知っててお母さんが知らないことが少しはあってもいい。

嘘の力はね、とダニエルが言った。いつだって、力を持たない人間にとっては魅力的に見える。でも、私が引退したダンサーだということにして、それが本当に、君の無力感を解決する手助けになるだろうか？

本当はダンサーだったの？とエリサベスが訊いた。

それは秘密だ、とダニエルは言った。本当のことは言わない。絶対に誰にも。どれだけお金を積まれても。

一九九八年三月のある火曜日。エリサベスは十三歳。彼女は季節とともに明るくなりだした夕方にダニエルと散歩していた——母には禁止されていたけれども。

二人は商店街を通り過ぎ、夏の学校対抗スポーツ大会が開かれたり、市《いち》やサーカスが立ったりする広場に行く。エリサベスが最後にそこを訪れたのは、サーカスが撤収した直後で、テントが建っていた平らな乾いた場所を見るのが目的だった。そんな憂鬱《メランコリー》な気分に浸るのが彼女は好きだった。でも今は、夏にいろいろなイベントがあった気配はまったくなかった。今あるのはがらんとした広場だけ。陸上競技の走路は色あせて、消えていた。ぺしゃんこになった草、いろいろな乗り物、運転ゲームや射撃ゲームを片側にたくさん並べたトレーラーなどの間を人が行き来することでできたぬかるみ、サーカスリングの亡霊。でも今は草だけ。

でもそれは、憂鬱《メランコリー》とは何かが違っていた。憂鬱《メランコリー》や郷愁《ノスタルジー》とはまったく別物の感情。物事はただ起きるだけ。そして終わる。時間はただ過ぎていく。そんなふうに考えるのは不愉快なところもある。時には乱暴でもある。でも、いいと感じられる部分もある。ある種の安堵。

野原の向こうはまた野原。その向こうは川。

川まで行くのはちょっと遠すぎない？とエリサベスは言った。

もしもダニエルが本当に母が言っているような高齢なら、そこまで歩かせたくないと彼女は思った。

私は大丈夫、とダニエルは言った。お茶の子《バガテル》。

お茶?とエリサベスが言った。

屁の河童、とダニエルは言った。おならとは関係ないよ。何てことないという意味。へっちゃらってこと。

川まで往復する間は何しようか?とエリサベスは言った。

お茶の子《バガテル》をやろう、とダニエルは言った。

お茶の子《バガテル》って遊びが本当にあるの?とエリサベスが言った。それとも今、ここで作った?

たしかにこれは私にとってもとても新しいゲームだ、とダニエルは言った。やってみる?

内容による、とエリサベスは言った。

やり方はこうだ。私がまず、物語の最初の一行を言う。

オーケー、とエリサベスは言った。

次に君が、その一行から思い浮かんだ物語を私に話す、とダニエルは言った。

例えば、元からあるお話とか?とエリサベスが言った。『ゴルディロックスと三匹の熊』（英国の有名な童話で、熊の留守中に家に上がり込んだ少女ゴルディロックスが勝手に食べ物を食べ、家を荒らし、ベッドで寝る物語。ゴルディロックスは「ちょうどいい」ことを表す代名詞になっている）みたいな?

あの熊たちはかわいそうだね、とダニエルは言った。あの無礼で意地悪で野蛮な女の子。招かれてもいないのに、挨拶もせずに家に上がり込んだりして。家具を壊したり。食料をあさったり。

寝室の壁にスプレー塗料で名前を書いたり。

壁に名前を書いたりはしてない、とエリサベスは言った。そんなことは書いてなかった。

そうかい?とダニエルは言った。

あれは昔からある物語よ、たぶんスプレー塗料なんかない時代からある、とエリサベスは言った。

そうかい?とダニエルは言った。物語は今起きていることだと思うけど違うのかな?

私は違うと思う、とエリサベスは言った。

ふむ、じゃあ、君はお茶の子《バガテル》のゲームには勝てそうにないね、とダニエルは言った。だって、お茶の子《バガテル》で大事なのは、みんながもう決まっていると思っている物語をいじくることだからね。

いや、いじけるわけじゃないよ——

分かってる、とエリサベスは言った。馬鹿にしないで。

君を馬鹿に?とダニエルは言った。私が?　さあ。どんな話をいじくり回したい?　君が決めていいよ。

二人は川縁のベンチまで来ていた。二つの野原はずっと遠くになっていた。エリサベスが野原を越えて遠出してもあまり時間が経った気がしなかったのはこのときが初めてだった。

どんな話を選んだらいい?とエリサベスは言った。

何でもいい、とダニエルは言った。

本当の話か、嘘かだったら?　この二択は?

ちょっと対立的だけど、うん、その二つで選んでもいい。

戦争か平和かで選んでもいい?とエリサベスは言った。

(ニュースでは毎日、戦争が伝えられていた。包囲攻撃。遺体袋の写真。エリサベスは大虐殺《マサカー》という語の文字通りの意味を確かめるため辞書で調べていた。特に暴力的、残忍にたくさんの人を殺すという意味だ。)

いいね、いろいろ話が膨らみそうだ、とダニエルは言った。

じゃあ、戦争にする、とエリサベスは言った。

本当に戦争がお望み?とダニエルは言った。

〝本当に戦争がお望み〟っていうのが物語の一行目?とエリサベスが言った。

そうしてもいい、とダニエルは言った。もしもそうしたいなら。

登場人物は誰?とエリサベスは言った。

君が一人考えて、私も一人考える、とダニエルは言った。

銃を持った男、とエリサベスは言った。

オーケー、とダニエルは言った。じゃあ、私は樹木に変装した人。

え?とエリサベスは言った。駄目。この流れなら、例えば、銃を持ったもう一人の男とか言わないと。

どうして?とダニエルは言った。

だって戦争だもん、とエリサベスは言った。

私も一緒に話を作るんだから、樹木の衣装を着た人物というのは私に決めさせてもらうよ、とダニエルが言った。

どうして?とエリサベスが言った。

独創性、とダニエルは言った。

独創性じゃあこのゲームには勝てないわ、とエリサベスは言った。こっちは銃を持ってるんだから。

持ち物や能力はそれだけじゃないし、登場人物に勝たせることが大事なわけでもない、とダニエルは言う。だから、樹木に化ける能力を持った人間ってことでいい。

銃弾は木の衣装より速くて強いし、木の衣装なんて引き裂いて、吹っ飛ばしちゃう、とエリサベスは言った。

君はそういう世界を作るの?とダニエルは言った。

世界を作るなんて意味ないわ、とエリサベスは言った。だって現実の世界がもうあるんだもん。世界はただ存在してて、その世界の真実があるってだけ。

それはつまり、一方に真実というものがあって、他方に、世界について語られるでっち上げバージョンの真実があるということかな、とダニエルは言った。

違う。世界は存在するもの。物語はでっち上げるもの、とエリサベスは言った。

でも、物語は真実だよ、とダニエルは言った。

そんなの超屁理屈、とエリサベスは言った。

それに、物語を作る人間は誰でも一つの世界を作っている、とダニエルは言った。だからいつでも、自分の物語という家《ホーム》に喜んで人を迎え入れるようにしなさい。それが私からの提案だ。

話を作るのと、喜んで人を迎え入れるのと、どう関係があるの？

私が提案しているのは、とダニエルが言った。もしも話を作るのなら、自分に同じことが起きた場合にありがたいと思うように、登場人物のために話を変更する余地を残しなさいということさ。

社会福祉みたいにありがたい手助けってこと？　失業手当とか？とエリサベスが言った。

手助けとして、話を変更する余地が必要だ、とダニエルは言った。それと、常に選択肢を与えること——たとえそれが、銃を持った男の前で樹木の衣装を着ているだけの人物だとしても。つまり、まったく他の選択肢を持ってなさそうな人物でも、ということ。登場人物には常に家《ホーム》を与えるようにしなさい。

どうして？とエリサベスは言った。さっきはゴルディロックスに家《ホーム》を与えたくないみたいなことを言ってたくせに。

スプレー塗料の缶を持って家に入るのを私が邪魔したかな？とダニエルは言った。

それはそんなことできないからよ、とエリサベスが言った。だってもう、そういう話になってるんだもん、物語が語られるたびにゴルディロックスは同じことをする——熊の家に入る。そうしないといけない。じゃないと、物語が存在しなくなる。でしょ？　スプレー塗料の缶は話が別だけど。作り話の部分は。

スプレー塗料の話は、物語の他の部分より非現実的な作り話なのかな？

うん、とエリサベスは言った。

それからまた少し考えた。

あ！と彼女は言った。ていうか、ううん。

だから、もし私が話の語り手だったら、好きなように語っても構わないわけだ。するとどうなるかな。もしも君が語り手なら——

じゃあ、何が本当なのかはどうやったら分かるの？とエリサベスは言った。

だからさっき、そう言っただろう？とダニエルは言った。

じゃあ、うん、とエリサベスは言った。もしもゴルディロックスは他にどうしようもなくてあんなふうに振る舞ってるんだとしたらどうなるの？　もしもゴルディロックスは熱すぎるポリッジですごく動転して、そのせいでスプレー塗料を持って暴れまくったんだとしたら？　もしも冷たいポリッジで過去の何かつらい思い出がよみがえったんだとしたら？　過去に何かひどいことがあって、ポリッジがそれを思い出させて、そのせいで取り乱して、椅子を壊したり、整えてあるベッドを乱したりしたんだとしたら？

あるいはただの乱暴者だとしたら？とダニエルは言った。どこにでもずかずか入り込んで、何の理由もなく家を荒らすような人物。ただ単に私みたいな語り手がそういう人物設定にしたというだけの理由で。

私ならゴルディロックスのために、話を変更する余地を与える。

これで準備ができたね、とダニエルが言った。
何の準備?とエリサベスが言った。
ありのままにお茶の子《バガテル》をする準備、とダニエルは言った。

百万かける十億の花が開くタイムラプス映像。百万かける十億の花が再び閉じ、お辞儀をして、百万かける十億の花が新たに開く。百万かける十億の芽が葉に変わり、葉が落ち、腐って土になる。百万かける十億の枝が分かれて、百万かける十億の新しい芽を吹く。

モルティングズ養護老人ホームでダニエルの部屋にいるエリサベスは、二十年足らず前のその日の出来事も、散歩のことも、前節に記した会話のことも、何も覚えていない。でも、実際にダニエルが語った物語はこうして丸ごと、人の脳細胞という倉庫に保存されている。そこには私たちが経験することのすべてがそっくりそのままファイルされている（三月の夕方の穏やかな空気、新しい季節の風の匂い、遠くから聞こえる車の音、彼女を囲む時間と空間について五感と知覚が理解したすべてのこと）。

樹木の衣装を着た人が出てくる物語なんて、どう頑張っても私には思い付かない、とエリサベスは言った。だって、まともな頭の持ち主ならそんな物語を考えたりはしないから。

つまり君は、私の頭がまともでないと疑っているのかな？とダニエルは言った。

そういうこと、とエリサベスは言った。

よろしい、とダニエルは言った。そこまで言うなら、私の頭がまともだと証明するしかないね。

本当に戦争がお望み？と樹木の格好をした人が言った。

樹木の格好をした人は、両手を挙げた人間のような格好で上に枝を伸ばして立っていた。銃を持った男は、樹木の格好をした人に銃を突きつけていた。

俺を脅すつもりか？と銃を持った男が言った。

いいや、と樹木の格好をした人が言った。銃を持っているのはあなたの方だ。

俺は平和を愛する人間だ、と銃を持った男が言った。面倒は嫌いだ。だから銃を持ち歩いている。おたくみたいな人間全般が嫌いというわけでもない。

私みたいな人間ってどういう意味かな？と樹木の格好をした人は言った。

言葉通りの意味さ。馬鹿みたいに木の格好をした人、と銃を持った男が言った。

でも、なぜ嫌う？と樹木の格好をした人が言った。

考えてみろ、みんなが一斉に樹木みたいな格好を始めたらどうなる、と銃を持った男が言った。あたりがまるで森みたいになるじゃないか。でも、ここは森じゃない。ここは俺が生まれるずっと前から町だった。両親はそれで満足してたし、祖父母も、曾祖父母もそれで満足してた。

自分の衣装はどうなんだい？と樹木の格好をした人が言った。

（銃を持った男はジーンズにTシャツ、野球帽といういでたちだった。）

これは衣装じゃない、と男は言った。これは俺の服だ。

なら、これだって私の服だ。でも、私はあなたの服を〝馬鹿みたい〟とは言わない、と樹木の格好をした人は言った。

そりゃそうだ、おまえにその勇気はないだろう、と銃を持った男が言った。

そして銃を振って見せた。

それに、おまえのは本当に馬鹿みたいな服だ、と彼は言った。普通の人は木の衣装を着て歩いたりしない。少なくとも、このあたりではな。都会やよその町ではどうか知らん。よそのことはよその連中に決めさせたらいい。でも、ここでおまえに勝手な真似をされたら、俺たちの子供が同じように木の格好をしたり、女どもが木の格好をしたりするようになる。こういうことは蕾のうちに摘んでおかないとな。

男は銃を構え、狙いを付けた。樹木の格好をした人は分厚い木綿生地の中で身構えた。衣装の裾に描かれた草の葉が、同じく絵の具で描かれた根の周囲で震えた。男は銃の照準を合わせた。その後、目の前から銃を下ろした。そして笑った。

妙なものだ、と男は言った。ふと思い出したんだが、戦争映画なんかで人を処刑するときに、よく、木や支柱の前に並ばせたりするだろ。だからおまえをこうやって撃ったら、誰も撃っていないみたいな感じがするんだ。

彼はまた目の前に銃を構えた。そして樹木の幹、おおよそ衣装を着た人の心臓がありそうな位置に狙いを付けた。

どうだい？　これでおしまい、とダニエルは言った。

そんなところで話をやめたら駄目だよ！とエリサベスは言った。グルックさん！

どうして駄目なのかな？とダニエルは言った。

エリサベスは静かな部屋でダニエルの隣に座り、本を広げて、『変身物語』を読んでいる。二人の周りには、目に見えないおとぎ話の人物たちが銃で撃たれて、手足を投げ出して倒れている。女主人は死んだ。意地悪な姉たちは死んだ。シンデレラと妖精のおばさんとアラジンと長靴を履いた猫とディック・ホイッティントン（飼い猫の活躍によって巨万の富を得て、三度ロンドン市長になったとされる人物）は殺された。おとぎ話はまとめて刈り取られ、虐殺された。悲劇も喜劇も、すべて死んだ。

樹木の格好をした人だけがまだ立っていた。

しかし、銃を持った男がついに引き金に指をかけた瞬間、その目の前で、樹木の格好をした人が本物の木に変身する。巨大な木。立派な黄金色のトネリコが高くそびえ、人を催眠術にかけるように葉を振っている。

銃を持った男がどれだけ銃で撃っても、銃弾で木を殺すことはできない。

彼は太い幹を足で蹴る。次には、除草剤を買ってきて根元にまくか、石油とマッチを買ってきて木を燃やすことにする。彼は買い物に行こうと後ろを向いた――そのとき、殺し忘れていたおとぎ話の馬に後ろ足で頭を蹴られる。

彼は地面に倒れ、他の登場人物たちと折り重なって死ぬ。シュールな地獄の光景だ。

シュールって何、グルックさん？

この光景がそうさ。彼らが地面に倒れている光景。雨が降る。風が吹く。季節が移り変わり、銃は錆び、鮮やかな色をしていた衣装が色あせ、腐り、周囲の木々から葉が落ちて、みんなの上に積もり、彼らを覆い、周りに草が生えて、やがては遺体そのものから草が生え、草が遺体を突き抜け、肋骨の隙間や眼窩から草が芽を出し、草のあちこちで花が咲き、衣装を含めて朽ちやすい部分が腐り切って、あるいはそれを食料とする生き物たちにきれいに食われて、おとぎ話の無垢な登場人物たちも、銃を持った男も、最後にはほとんど何も残らない。草の間、花の間に残されるのは骨、そしてそれらすべてを見下ろすトネリコの青々とした枝。私たちはみんな、最後にはそうなる。この世にいる間に銃を持っていようがいるまいが。さあ、どうかな。私たちがこの世にいる間。つまり、まだこの世にいる間。

ダニエルはベンチに座ったまま、一瞬、目を閉じた。一瞬がさらに長くなった。それはさらに長くなり、一瞬というより、しばらくの間に変わった。

グルックさん、とエリサベスは言った。グルックさん？

彼女は彼の肘を揺すった。

ああ。うん。ええと、ええと——何の話をしていたんだったかな？

さっき言ってたのは、私たちがこの世にいる間、とエリサベスは言った。二回、そう言った。

私たちがこの世にいる間。そこで話をやめた。

そうだったかい？とダニエルは言った。私たちがこの世にいる間。ふむ。私たちがこの世にいる間は、常にそんなことを言う人間に対する希望を捨てないようにしよう。

そんなことって何、グルックさん？とエリサベスは言った。

本当に戦争がお望み？

エリサベスの母は今週、ありがたいことにずっと上機嫌だ。そのわけは、『金の小槌』というテレビ番組に出演する一般視聴者としてあなたが選ばれましたという電子メールを受け取ったばかりだったからだ。番組の中では、一般人から選ばれた人が有名人や骨董品の専門家を相手に、一定の予算を持って骨董品屋を巡り、最終的にはオークションで最も多くの金額を獲得した人が勝利を得る。それはまるで、天使ガブリエル（マリアにイエスの降誕を予告した天使）が家に訪ねてきてひざまずき、頭を下げてこう告げたかのようだった。〝がらくただらけの店の中、うち捨てられ、壊れ、時代遅れになって変色し、売り払われ、人前から消え、忘れられた物たちの中に、誰もその大変な価値に気付いていない何かが紛れ込んでいます。そして私どもはあなたを、時間と歴史という泥の中からそれを掘り出す役に選ばせていただきました〟と。

キッチンテーブルに向かって座っているエリサベスに、母は番組で何が行われるかを教えるため、『金の小槌』の古い録画を見せる。エリサベスはその間、母の家に来る途中、駅前のタクシーの列で見かけたスペイン人夫婦のことを思い出している。

スペイン人夫婦は休暇でこの土地に来たらしく、足元に大きな荷物を置いていた。列の後ろに並んでいる人々が二人に向かって大きな声を上げた。叫んでいた内容は、〝家に帰れ《ゴー・ホーム》〟ということだ。

ここはヨーロッパじゃない、と彼らは叫んだ。ヨーロッパに帰れ。

スペイン人夫婦の前に立っていた人たちは善良だった。彼らは雑音を打ち消すように、次のタクシーにはあなた方が先に乗ってくださいと言っていた。にもかかわらずエリサベスは、このふとした出来事は何か巨大な動きの一端でしかないと感じていた。

恥というのはこういう感覚なんだ、と彼女は思う。

その間、画面の中はまだ晩春で、過去からのがらくたはお金に換えられる価値を持っている。出演者たちは何十年も前のクラシックカーであちこちを走り回る。あちこちで車を停めて、車のボンネットから出る煙について路肩であれこれ心配する。

エリサベスは『金の小槌』について母に何かを言おうと頭を絞る。

母さんはどんなタイプのクラシックカーに乗るのかしら、と彼女は言う。

いいえ、一般視聴者はそういう車には乗らないの、と母は言う。クラシックカーに乗るのは有名人と専門家だけ。彼らは車で現れる。あたしたちは先に店にいて、彼らを出迎える。

どうして車に乗れないの?とエリサベスは言う。ひどいじゃない。

誰も知らない一般人がクラシックカーであちこち走る様子をテレビで放映したって何の意味もない、と母は言う。

エリサベスは『金の小槌』の映像で田舎道の両側に生えているノラニンジンの美しさに気付く。母によるとそれはオクスフォードシャーとグロスターシャーを舞台にした回で、去年撮影されたものらしい。毒を持ったノラニンジンがすっくと立つ一方で、有名人たち（それが誰なのか、何で有名な人なのか、エリサベスにはまったく分からない）が方々を行ったり来たりする。一人の男が一九七〇年代のポピュラーソングを歌い、昔所有していたという金色に塗られたダットサンの話をする。もう一人の女は『オリバー！』でエキストラを務めた時代のことを親しげに話す。クラシックカーは煙を吐きながらイングランドを駆け回る。車窓から見える背の高いノラニンジンには、ビーズのような雨粒が付き、丈夫そうで、青々としている。これもたまたま見えた光景だ。この偶然性には深い意味がある、とエリサベスは考えている。ノラニンジンは独自の言語を持っている。そこで今その言語が話されていることに、番組に出ている人も、番組を作っている人も誰一人として気付いていない。

エリサベスは携帯を取り出し、メモを作成する。ひょっとすると、これをネタにして一回分の講義ができるかもしれない。

とそのとき、せっかくネタを作っても、もうすぐ任期が切れて、講義をする仕事自体がなくなりそうだということを思い出す。

彼女は画面を下にして、テーブルの上に携帯を置く。そして学費ローンを背負いながら——過去に思い描いた未来へ向かって——今週卒業していく学生たちのことに思いをはせる。

テレビ番組内では、車が田舎の倉庫の前に停まる。車から人がぞろぞろ降りてくる。倉庫の扉の前で、有名人と専門家は二人の一般人と会う。一般人は一般人と分かるようにそろいのジャージを着ている。皆で握手を交わした後、有名人、専門家、一般人が倉庫の中で、それぞれ違った方向へと歩きだす。

一般人の一人が古い現金箱——店主はそれをビンテージ物のレジと呼ぶ——を三十ポンドで買う。それは今では動かないが、曲線を描く胴体に付いている鮮やかな赤と白のボタンを見ていると、一九六〇年代に映画館のドアマンとして働いていた祖父の制服のコートを思い出す、とその一般人が言う。画面が切り替わって、実物大の子供の形に作られた慈善募金箱が集められた一角を有名人が見つける。犬と子供の人形がまるで過去から来た村人の集団みたいな姿で——あるいは過去と未来が衝突するSFみたいな雰囲気で——倉庫の扉近くに立っている。それは昔、店の外に置かれて、出入りする客が小銭を入れていた箱だ。テディベアを抱き、鮮やかなピンク色の服を着た少女。古い靴下みたいなものを持ち、全身がほぼ茶色に塗られたみすぼらしい少年。胸に〝ありがとうございます〟という言葉が刻まれ、脚に装具を着けた、鮮やかな赤い服の少女。二匹の子犬と並ぶスパニエル犬は首から小さな募金箱を提げていて、そこにも頭の上にも硬貨投入口があり、ガラスの目玉で懇願している。

専門家がやけに興奮し、カメラに向かって説明を始める。茶色い服の少年の募金箱は〝ドクター・バーナードの少年〟と呼ばれ、そこに並ぶ中でも最も古くて値打ちがあるものらしい。専門家は少年が立っている土台に刻まれた文字——〝この子が生きられるよう、寄付をお願いいたします〟——が一九六〇年代よりも古く、それ自体が違う時代の遺物であることを指摘する。その後、カメラに向かってうなずき、ウィンクをして、でも私はスパニエル犬の募金箱を選ぶことにすると言う。オークションではいつも、犬の形をしたものが人気で、茶色い服の少年は——ネットオークションでもしない限り――本来の値打ち通りの評価をされないから、と。

この人たちは言わないけど、と母が言う。あるいはひょっとしたら知らないから言わないだけかもしれないけど、一九〇〇年頃に、本物の犬が募金箱を首から提げて駅なんかで人々からお金を集めていたのが、こういうものの元になっているのよ。慈善募金の。

へえ、とエリサベスが言う。

あそこにあるような犬の募金箱は本物の犬をモデルにしていたわけ、と母は言う。それだけじゃない。犬が死んだ後、時にはそれを剝製にして、駅とか、それが元いた場所に置くようなことまでしていた。だから犬が死んだ後、駅に行ったら、剝製にされたニップとか、レックスとか、ボブとかが、首から募金箱をぶら下げてそこに座ってたの。犬の形をした募金箱はきっと、そうやって生まれたんだと思う。

エリサベスは微妙に動揺する。というのも、母は何についても何も知らないと思っていたからだ。

その間、画面上では、アブラハム・リンカーンの財政政策が側面に印刷された揃いのマグカップを持った参加者が、興奮気味に倉庫から出て来る。ゲーム参加者の頭の後ろに広がる、倉庫を囲む緑の草原では、小さな白い蝶が花から花へと飛び回っている。

しかも驚くほど状態がいい、と一人の有名人が言っている。

ホーンジーのビンテージ陶器、一九七四年物、と母が言う。収集家にとっては垂涎の品よ。

七〇年代半ば、ヨークシャーで作られたものです、とそれを買った専門家が言う。アメリカ大統領シリーズの一つで、下の部分にはっきりとホーンジーの印である鷲のマークが刻まれています。ホーンジーは第二次世界大戦後の一九四九年創業で、十五年前に倒産しましたが、七〇年代には大流行しました。とりわけ、こんなふうに七点セットで手に入ることは珍しい。収集家にとっては垂涎の品です。

あたしの言った通りでしょ？と母が言う。

うん、でも、この回の放送は前にも観たんでしょ。だから、どういう品か言い当てたとしても、全然大したことじゃないわ、とエリサベスは言う。

そんなことは分かってる。言いたかったのは、あたしは今でもいろんなことを学んでるってこと、と母は言う。つまり、あれがどういう品かを今のあたしは知ってるってこと。

オークションでいちばん気になるのはこの品ですね、と一人目の専門家がナレーションで語っている。画面には古い慈善募金箱の写真が映し出され、そこでは一般人の一人が中にまだお金が残っていないかを確かめるため、脚に装具を着けた赤い少女の募金箱を揺らしている。

もうこれ以上は観なくてもいいわ、とエリサベスが言う。

どうして？と母が言う。

もう充分、とエリサベスが言う。たくさん見せてもらった。ありがとう。母さんがこの番組に出るのはとてもうれしい。

すると母はノートパソコンを操作して、自分と一緒に番組に出演する有名人の一人をエリサベスに見せる。

出て来た写真に写っているのは六十代の女性だ。母はノートパソコンを手に持って振り回す。見てよ！と彼女は言う。すごいと思わない？

それが誰だかさっぱり分からないんだけど、とエリサベスは言う。

ジョニーよ！と母は言う。『電話ボックスの子供たち』の！

六十代の女性はどうやら、エリサベスの母が子供だった頃にテレビに出ていた人らしい。ほんと信じらんない、と母は言っている。ジョニーに会えるなんて信じらんない。あなたのおばあちゃんが生きていたらねえ。おばあちゃんに教えてあげたいわ。十歳だった頃のあたしにも教えたい。十歳のあたしは興奮で死んじゃうかも。だって、ただ会えるだけじゃない。同じ番組に出られるのよ。ジョニーと。

母はノートパソコンをエリサベスの方に向けて、ユーチューブのページを見せる。

ね？と彼女は言う。

チェックのシャツを着て、髪をポニーテールにした十四歳くらいの少女が、ロンドンの街に似せたテレビスタジオの中でダンスを踊っている。一緒に踊っている相手のダンサーは電話ボックスなので、文字通り、電話ボックスが少女と踊っているように見える。電話ボックスはダンサーにしては体の動きが硬いので、少女もそれに合わせて動きを硬くして、ステップを揃えている。少女は明るく、にこやかで、人好きがする。電話ボックスの衣装の中にいるダンサーは、電話ボックスがしそうな踊りを見事に真似ている。道行く人たちは皆、足を止め、ダンスを見る。すると、電話ボックスの扉が開いて、中から受話器が現れる。コードでつながる受話器は蛇使いに操られる蛇のようだ。少女が受話器を取り、耳に当て、「もしもし」と言うところでダンスは終わる。

この回の放送を観たのを覚えてるわ、とエリサベスの母は言う。居間で。子供の頃。

ほんとに？とエリサベスが言う。

母は再び同じ動画を観る。エリサベスは携帯で今日の新聞に目を通し、この三十分に生じたありふれた大ニュースを確認する。彼女は〝私の目を見て〟というタイトルの記事をクリックする。EU離脱派がテレビ催眠術師に助言を求める。彼女は下にスクロールして、記事を拾い読みする。『人を動かす力』。『私はあなたを幸せにできる』。『催眠ダイエット』。ソーシャル・メディアの広告制作を手伝った。心配ですか？　不安ですか？　そろそろ潮時ではありませんか？　テレビ放送に夢中なのは催眠術にかかっているのと同じ。事実は何の役にも立たない。感情を通じて国民とつながること。ドナルド・トランプ。母はまた、四十年前のダンスの動画を最初から再生する。軽快な音楽が再び始まる。

エリサベスは携帯を切り、コートを取りに廊下に出る。

ちょっと外に出て来る、と彼女は言う。

まだ画面の前にいる母はうなずき、視線を動かすことなく手を振る。その目は涙らしきものできらきらと輝いている。

それにしても、外はいい天気だ。

エリサベスは村を歩きながら考える。募金箱の犬が実際の犬をモデルにしているのなら、子供の形をした募金箱も本物の子供の物乞いをモデルにしているのだろうか？　首から募金箱をぶら下げ、脚に添え木をした子供の物乞い。その後に考えるのは、本物の子供を剝製にして駅に置くことを考えた人はいなかっただろうか、ということだ。

　彼女は〝家に帰れ《ゴー・ホーム》〟という落書きが残された家の前を通る。しかしそのすぐ下には、誰かが〝大きなお世話。ここが私たちの家《ホーム》〟と鮮やかな色で書き足していた。さらにその隣には、一本の木とその根元に鮮やかな赤色の花がずらりと描かれている。そして家の前の歩道にはセロファンと紙で作った花がたくさん置かれている。まるで最近、そこで事故があったようにも見える。

　彼女はペンキで描かれた木と花を写真に撮る。それからノラニンジンと壁に描かれた花のことを考えながら村を離れ、サッカー場を抜け、野原に出る。〝ジャン＝ポール・ベルモンドに愛を込めて〟と題されたポーリーン・ボティの絵が思い浮かぶ。エリザベスに職があろうとなかろうと、そこには何かがある。言語としての色遣い。美的な色遣いばかりでなく、自然な色彩。この苦難の時代にあって、先ほどの家の正面に描かれた、野性味のある嬉々とした鮮やかさ。二次元的な自我が官能的な色の花を冠のようにかぶり、それがオレンジと緑と赤に取り囲まれている、ボティのあの作品に似た動きのある絵。その色彩はあまりに純粋で、まるで絵の具のチューブからそのままキャンバスに塗られたかのようだ。色ばかりでなく、非現実的な花びらの形もそう。画像《イメージ》のベルモンドがかぶっている帽子は、薔薇《ばら》の花にも生殖器にも似た立体的な花びらに覆われて、彼をその豊かさで押さえつけると同時に、逆に引っ張り上げているようにも見える。

　ノラニンジン。描かれた花。画像《イメージ》を改めて画像《イメージ》化したボティの純粋な赤。それを総合するとどうなるだろうか？　何か役に立つアイデアが生まれる？

彼女は立ち止まって、携帯でメモを作成する。**放縦と落ち着き、**と書く。

彼女が自分を取り戻したと感じるのはずいぶん久しぶりのことだ。

静けさがエネルギーと出会う／
人工物が自然と出会う／
電気エネルギー／
生まれつきの活動家《ライブワイヤ》（「自然界に存在する活線（電気の流れている電線）」という意味にもとれる）／

彼女は顔を上げる。そこは公共用地《コモン・ランド》を囲むフェンス——これは別の種類の活線《ライブワイヤ》——から数メートルの場所だ。

フェンスは彼女が最後に見たときと違い、二重になっている。目の錯覚でなければ、二つのフェンスが並行して立てられている。

間違いない。手前のフェンスから三メートルほど向こう側に、きれいに整地したスペースを挟んで、よく似た金網フェンスが立ち、その上には、同じように軽薄で醜いカミソリの刃のようなものが付いた鉄条網が張ってある。奥のフェンスにも電気が流れていて、二重のフェンスに沿って歩いていると、視野の端で光るダイヤモンド形の金網は少し痙攣を誘っているように感じられる。

エリサベスは携帯でフェンスを写真に撮る。それから、金属製の支柱を囲むように踏み固められた土の中から生え始めている草の写真を一、二枚撮る。

彼女は周囲に目をやる。草と花がいたるところに再び生え始めている。

フェンスに沿って八百メートルほど歩いていると、二つのフェンスに挟まれたスペースを走ってきた黒のトラック型のスポーツ汎用車《SUV》がエリサベスに追いついた。車はいったん横を通り過ぎて、少し先で停まる。エンジンが切れる。彼女が車の横に並ぶと、窓が下がる。男がそこから頭を出す。彼女は軽く会釈をする。

いい天気ですね、と彼女は言う。

そこを歩くことはできません、と男が言う。

歩けてますけど、と彼女は言う。

彼女は足を止めることなく、再び会釈をし、ほほ笑む。背後から、トラックにエンジンがかかる音が聞こえる。車がまた横に並ぶと、運転者はエンジンを切らずに、彼女が歩くのと同じスピードで車を進める。そしてまた窓から頭を出す。

ここは私有地です、と彼は言う。

いいえ、違います、と彼女は言う。ここは公共用地《コモン・ランド》です。公共用地《コモン・ランド》というのは定義上、私有地じゃありません。

彼女は立ち止まる。車は少し行き過ぎて、バックで戻ってくる。

大通りに戻ってください、と運転者がバックしながら窓から言う。車はどこですか？　車を置いた場所まで戻ってください。

それはできません、とエリサベスが言う。

どうしてです?と運転者が言う。

車は持ってないから、とエリサベスは言う。

彼女は再び歩きだす。運転者はエンジンを吹かし、彼女を追い抜く。車は数メートル先で停まり、男はエンジンを切って、トラックの扉を開ける。トラックの後ろに立つ男の方へ彼女は近づく。

あなたのやっていることは違反ですよ、と彼は言う。

何に違反してるんです?とエリサベスは言う。それに、あなたは私が違反だっていうけど、こっちから見ればあなたが刑務所に入っているみたいに見える。

彼は胸ポケットを開けて、携帯を取り出し、彼女の写真か動画を撮影しようとするかのように前に構える。

彼女はフェンスの支柱の上にあるカメラを指差す。

私の姿はもうたっぷりあのカメラに写ってるんじゃないの?と彼女は言う。

直ちにここから立ち去らないと、警備員によって強制的に排除されることになりますよ、と彼は言う。

じゃあ、あなたは警備員とは違うわけ?と彼女は言う。

男が携帯を取り出した胸ポケットにあしらわれたロゴを彼女が指差す。そこにはSA4Aと書かれている。

それって、〝より安全《セイファー》〟のもじり、それとも〝ソファー〟をイメージした社名？と彼女は言う。

SA4Aの男が携帯に何かを打ち込み始める。

これが三度目の警告です、と彼は言う。これが最後の警告で、直ちにここを立ち去らないと、あなたに対して実力を行使することになります。不法侵入をやめてください。

それって、不法じゃない侵入もあるっていう意味？と彼女は言う。

――私が次にここを通ったときに、あなたがまだ周辺にいるようなら――

周辺って何の？と彼女は言う。

そしてフェンスで仕切られた敷地の奥にある風景を見ようとするが、そこには風景しか見えない。人は一人もいない。建物もない。ただフェンスが立っていて、その向こうに風景が広がっているだけ。

――あなたに対して法的な手続きを取ることになります、と男は話を続けている。その際には、強制的に身柄を拘束したり、個人情報の記録を取ったり、DNAサンプルを採取、保存したりすることもありえます。

樹木の刑務所。ハリエニシダの、蠅の、モンシロチョウの、シジミチョウの刑務所。ミヤコドリの拘留施設。

実際、これって何のためのフェンスなんですか？と彼女は言う。それとも、それを説明することも禁止されてるとか？

男は彼女をじっと見る。そして携帯に何かを入力し、前に掲げて彼女の写真を撮る。彼女は普通の写真を撮られるときと同じように、親しげな笑みを浮かべる。それから後ろを向いて、フェンス沿いにまた歩きだす。男が誰かに電話をかけ、何かを言うのが後ろから聞こえる。その後、彼はトラックに乗り、フェンスの間をバックで下がっていく。

イラクサは何も言わない。草の先に付いた種も何も言わない。茎の先に付いた小さな白い花——彼女はそれが何の花か知らない——は新たに無言の言葉を発している。

キンポウゲは無言で陽気にしゃべっている。ハリエニシダは意外にも、無言でしゃべっている。鮮やかな黄色い無言。針の付いた無言の緑の間に咲いた、滑らかで柔らかく繊細な無言。

エリサベスが十六歳のとき、同じ学校で、一人の少年が彼女を笑わせて気を惹こうと必死になったことがある。（一人の少年が彼女を笑わせ敵を惹こうと必死になった。ハハハ。）少年はかなり格好がよくて、彼女も彼のことが好きだった。名前はマーク・ジョゼフ。九〇年代初めの古い曲をむちゃくちゃな形でカバーするバンドでベースを弾いていた。彼はコンピュータにも詳しく、他の誰よりも先をいっていた。当時はほとんど誰も検索エンジンが何かを知らず、暦が二〇〇〇年になった瞬間に世界中のコンピュータがクラッシュするという二〇〇〇年問題《ミレニアム・バグ》を誰もが信じていた。マーク・ジョゼフはその騒ぎに乗って、学校から道を挟んだ向かい側にある動物病院の写真をアップロードして、〝ここをクリックして二〇〇〇年《ミレニアム》パグを予防しよう〟という説明文を添えるという滑稽ないたずらをしていた。

そんな彼が今、学校で彼女をつけ回し、あらゆる手段で彼女を笑わせようと奮闘していた。

彼は学校の裏門の脇で、彼女にキスをした。素敵な口づけだった。

どうして僕を愛してくれないんだ?と三週間後、彼は言った。

私は既に恋をしてる、とエリサベスは言った。同時に二人以上を愛することはできない。

大学では、エリサベスが十八歳のとき、マリエル・シミという名の女性と二人でマリファナでハイになってエリサベスの部屋で床を転げ回り、バックコーラスが歌う妙な歌詞を笑った。マリエル・シミはコーラスが〝擬音語《オノマトペ》〟という単語を八回繰り返さなければならない歌をエリサベスに聞かせた。エリサベスは、コーラスが〝羊《シープ》〟という単語を歌わなければならないクリフ・リチャードの歌をマリエル・シミに聞かせた。二人は大笑いをして、フランス人だったマリエル・シミはエリサベスの肩を抱いてキスをした。素敵な口づけだった。

どうして?と数か月後にマリエル・シミは言った。私には分からない。理解できない。すごくいい感じだと思うのに。

嘘はつけない、とエリサベスは言った。あなたとのセックスは気持ちいい。あなたと一緒にいるのも楽しい。とっても。だけど、やっぱり正直でいたい。嘘はつけない。

相手は誰?とマリエル・シミは言った。元彼？　まだ付きまとわれてる？　まだ付き合ってる？　それとも女？　女なの？　私と付き合いだしてからもずっとその人と関係が続いてたの？

そういう関係じゃない、とエリサベスは言った。肉体関係みたいなものとは全然違う。最初からずっと。でも、愛は愛。愛じゃないふりはできない。

あなたは自分が同性愛者だと認めたくないからそれを言い訳にしてる、とマリエル・シミは言った。あなたは本当の感情から距離を取るためにその人を間に置いているだけ。

エリサベスは肩をすくめた。

私はいろいろな感情を持ってる、と彼女は言った。

二十一歳のエリサベスは卒業式のとき、トム・マクファーレンに会った。彼女は美術史専攻で午前の卒業式、彼は商学専攻で午後の式だった。トムとエリサベスは六年間、付き合った。トムは途中でエリサベスのアパートに転がり込んで、五年間同棲した。二人とも、その関係がずっと続くものと思い始めていた。結婚の話もして、二人でローンを組む計画も立てていた。

ある朝、トムがテーブルの上にあった朝食の皿を片付けながら唐突に訊いた。

ダニエルって誰?

ダニエル?とエリサベスは言った。

ダニエル、とトムは繰り返した。

グルックさんのこと?と彼女は言った。

そうかもしれない、とトムは言った。グルックさんというのは誰?

昔、母の家の隣に住んでいた人、とエリサベスは言った。私が子供の頃、隣に住んでた。もう何年も会ってない。文字通り、何年も。ずっと。どうして? 何かあった? 母から電話があった? ダニエルの身に何かあったの?

君が寝言で名前を呼んでた、とトムは言った。

私が? いつ?とエリサベスは言った。

昨夜。これが初めてじゃない。寝言で何度も名前を呼んでる、とトムは言った。

エリサベスは十四歳。彼女はダニエルと一緒に、運河が町の外につながるところまで歩いていた。道はそこから細くなり、森の中の坂道へと続いていた。まだ秋の初めだったが、急に空気が冷たくなった。丘のてっぺんまで登ると、雨が近づいているのが分かった。誰かが鉛筆で空に影を付けているみたいに、風景の中を雨雲が動いていた。

ダニエルは息を切らしていた。ここまで息切れするのは珍しかった。

私は夏が終わって秋になるのが好きじゃない、と彼女は言った。

ダニエルは彼女の肩を抱いて、反対を向かせた。彼は何も言わなかった。でも、二人が登ってきた方角には、まだ日が当たっている青と緑の風景が広がっていた。

彼女は顔を上げ、夏がまだそこに残っていることを見せてくれた彼を見つめた。

ダニエルみたいに話を聞かせてくれる人はどこにもいない。

話をしないときでも、ダニエルみたいに何かを教えてくれる人はどこにもいない。

季節は冬の終わり。二〇〇二年から二〇〇三年にかけての冬。エリサベスは十八歳。二月。彼女はデモに参加するため、ロンドンに出掛けていた。戦争反対。イギリスのあちこちで人々が同じことをし、それとは別に数百万人が世界のあちこちで同じことをしていた。

週明けの月曜日、彼女は街をぶらついた。生活が日常に戻った街路を歩くのは妙な気分だった。週末には車が走ってなかった道をいつも通りに人や車が行き来していた。つい前々日に同じ経路を歩いたときは、真実を訴える二百万人のデモ隊がそのまま空まで上っていきそうに見えたのに。チャリングクロス通りの美術品店で古くて赤いハードカバーのカタログを見つけたのはこの月曜のことだった。カタログの値段はわずか三ポンド。特価処分品の箱に放り込まれていた。

数年前に開かれた展示会のカタログだった。ポーリーン・ボティ、一九六〇年代のポップアーティスト。

ポーリーン誰?

イギリスの女性ポップアーティスト?

本当に?

大学の授業で美術史を学んだエリサベスにとって、それは興味深い発見だった。彼女は、イギリスには女性ポップアーティストなんて存在しなかった、少なくとも研究に値するようなアーティストはいなかったと断言する指導教員と言い争いをしたことがあったからだ。だからイギリスにおけるポップアートの歴史には、脚注を除いて、何も記録が残されていないのだ、と指導教員は言っていた。

ポーリーン・ボティはコラージュ、絵画、ステンドグラス、舞台装置などを作っていた。その人生も波乱に満ちていた。絵を描くばかりでなく、女優として舞台やテレビの仕事もしていた。世間の誰もボブ・ディランの名を知らない時代に、ロンドンで彼の案内役を務めたこともあった。ラジオに出演して、当時の社会における若い女性の生き方を語ったり、最終的にはジュリー・クリスティーが演じた映画の役をもう少しで手に入れそうになったりもした。

彼女は勢いに乗るロンドンで、目の前にあるものすべてを手に入れた後、二十八歳のとき、癌で死んだ。妊娠していた彼女が医師の診察を受けた際に、癌が見つかったのだった。彼女は中絶を拒み、そのせいで、子供に悪影響を与える可能性のある放射線治療を受けられなかった。結局、彼女は子供を産み、四か月後に死んだ。

カタログの後ろに添えられた年表には、悪性の胸腺腫と記されていた。

その悲しい人生は、彼女が描いた絵とはまったく似ていなかった。絵は陽気で機知に富み、意外な取り合わせと色遣いが特徴的で、エリサベスはカタログをぱらぱらとめくりながら、気付かないうちにほほ笑んでいた。最後に制作された絵には巨大で美しい女の尻、それだけが描かれていた。そして陽気なプロセニアム・アーチ（舞台前に設えられる迫持）が尻を囲み、全体が劇場の舞台のように見えた。その下には、騒々しさを感じさせる巨大で真っ赤な大文字でこう記されていた。

おしり《BUM》。

エリサベスは声を出して笑った。

最後の作品がこれ。

アーティストの絵画には当時はやった人々の姿が多く用いられていた。エルヴィス、マリリン、政治家。〝スキャンダル〟という名のスキャンダルを引き起こした女性の有名な姿を描いた、現在行方不明になっている絵の写真もあった。デザイナーチェアーに裸で反対向きに座るその女は、当時の政治に関係した人物だ。

次にエリサベスがカタログを開くと、そのページにはある一枚の絵画が掲載されていた。

タイトルは〝無題(ヒマワリの女)〟、一九六三年頃の作品。

背景は鮮やかな青で、一人の女が描かれていた。女の体は絵の具で描かれた絵のコラージュになっていた。絵を見ている人にマシンガンを向けている男が、女の胸を形作っていた。女の腕と肩は、工場でできていた。

ヒマワリが胴体を埋め尽くしていた。

股間には、爆発する飛行船。

一羽のフクロウ。

山並み。

カラフルなジグザグ模様。

本の後ろには、あるコラージュが白黒で再現されていた。大きな手が小さな手を握り、小さな手は大きな手を握り返していた。

絵の下部では、二艘の船が海に浮かび、別の小さなボートには人がぎっしり乗っていた。

エリサベスは大英図書館の定期刊行物室に行き、『ヴォーグ』一九六四年九月号を借り出して机に向かった。特集記事、九ページ、スポットライト、九二ページ、パオラ――王女のお手本、一一〇ページ、生ける人形――ネル・ダンによるポーリーン・ボティのインタビュー、一二〇ページ、エドナ・オブライエン著『愛の歓び』。思わず二度見しそうな真っ赤なヤング・イエーガーのコート、ゴヤのゴールデン・ガール化粧パフ、バンドーブラ、動きの邪魔にならないブリーフ風のパンティーガードルなどの広告と並んで掲載された記事にはこうあった。ポーリーン・ボティ。才気あふれるブロンド、二十六歳。結婚してから一年。夫は彼女のキャリアを大いに誇り、絵と演技で大金を稼ぐ彼女を自慢の妻だという。彼女は経験から、自分がいる世界では女性解放というのは単なる合言葉で、事実とはなっていないことを悟った――〝彼女は美人だ、だから賢いはずがない〟という世界。

デビッド・ベイリーが撮影した写真は丸一ページを使い、小さな人形とボティの顔を近距離で撮っていた。すぐ後ろには、上下が逆さまになった写真があった。

ポーリーン：私は夢みたいなイメージを持っています。それはつまり、私は他の人を幸せにするのが本当に好きだというイメージです。そうすると、みんなが「何て素敵な子なんだろう」って思うわけですから、ひょっとすると私は利己的なのかもしれません。でも他方で、私は人に触れられるのが嫌なんです。必ずしも肉体的にということではありませんが、それも含めて。だからいつも、そこらへんをふわふわと漂っていて、時々姿を現して、他人を眺めていたいんです。私は人に与えられた役割を演じることが多い。特に初対面の相手といるときには。私がクライブと結婚した理由の一つは、彼が私を一人の人間として受け入れてくれたからです。心を持った一つの人格として。

ネル：男の人はあなたを、単なるかわいい女の子と見ているということですか？

ポーリーン：いいえ。女の人が何かをしゃべり始めると、男の人は困惑してしまうんです。そこらの男性より頭がいい女の人はたくさんいるわけですが、男の人はなかなかその事実を受け止めることができないんです。

ネル：女の人が何か言うと、それは見栄を張っているだけだと男の人は思うということ？

ポーリーン：見栄というのではありません。男の人はただ、おかしな女だと思うということです。

エリサベスは雑誌の当該ページをコピーした。そしてポーリーン・ボティ展のカタログを大学へ持って行き、指導教員のデスクに置いた。

ああ、なるほど。ボティね、と指導教員は言った。

そして首を横に振った。

悲しい話だ、と彼は言った。

その後、こう言い足した。まあ、取るに足りないね。絵はいまいち。うまくはない。ジュリー・クリスティー的な人物だ。大変な美人。彼女のことを扱ったテレビドキュメンタリーがある。ケン・ラッセル監督。よく覚えてないけれども、少し風変わりな人物として描かれていた。シルクハットをかぶったシャーリー・テンプルみたいなキャラ。要するに、魅力的だけど、くだらないということ。

そのビデオはどこで見られますか?とエリザベスは言った。

まったく見当もつかないね、と指導教員は言った。派手な人物だ。でも画家としては、あまり重要ではない。彼女が作品で用いた技法はすべて、ウォーホルとブレイクから盗んだものだ。

画像《イメージ》を画像《イメージ》として用いる技法はどうですか?とエリザベスは言った。

ああ、それだって、当時は誰も彼もがやっていたことさ、と指導教員は言った。

誰も彼女も、じゃないですか?とエリザベスは言った。

何だって?と指導教員は言った。

これはどうです?とエリザベスは言った。

彼女はカタログを取って、左右に二枚の絵が並べられたページを開いた。

一方は古代と現代の男を描いた絵。上には青い空が広がり、アメリカ空軍の飛行機が飛んでいる。下には、レーニンとアインシュタインの白黒画像《イメージ》に挟まれるように、ダラスで銃撃されるケネディの姿が不明瞭な色で描かれていた。瀕死の大統領の頭のすぐ上には闘牛士《マタドール》と、深紅の薔薇《ばら》と、スーツを着た笑顔の男たちと、ザ・ビートルズの二人が描かれていた。

もう一枚の絵は、小さなパラディオ式の建物のある、青と緑を中心としたイギリスの風景を描いていて、その上に帯状に、画像がいくつも重ねられていた。重ねられた画像の中では、セミヌードの女性たちがポルノ雑誌風のセクシーなポーズを見せていた。しかし、それらの画像の中心には、あられもない裸の女性が真正面から描かれて、首から上と膝から下は切り取られていた。

指導教員は首を横に振った。

私の目には、ここに特に新しいものがあるようには見えない、と彼は言った。

そして咳払いをした。

ポップアートの世界では、非常に性的なイメージが繰り返し用いられている、と彼は言った。

タイトルはどうです?とエリサベスは言った。

(絵のタイトルはそれぞれ〝男の世界Ⅰ〟と〝男の世界Ⅱ〟だった。)

指導教員の顔は真っ赤になった。

当時、女性が描いた絵で、これに似たものがありますか? ありましたか?とエリサベスは言った。

指導教員はカタログを閉じた。そしてもう一度、咳払いをした。

どうして今、ジェンダーを問題にしなくてはならないのかね?と指導教員は言った。

実は私もそれが知りたいんです、とエリサベスは言った。というか今日は、論文題目を変更したくて先生に会いに来たんです。ポーリーン・ボティの作品における表象の表象について研究したいと思って。

それは駄目だ、と指導教員は言った。

どうして駄目なんですか？とエリサベスは言った。

ポーリーン・ボティについては手に入る資料が少なすぎる、と指導教員は言った。

そんなことはないと思います、とエリサベスは言った。

批評はほぼ存在していない、と彼は言った。

だからこそ研究する価値があると思うんです、とエリサベスは言った。

指導教員は私だ、と指導教員は言った。その私が、資料はないし、研究対象にふさわしくないと言っている。君は物珍しさから袋小路に入り込んでいるだけだ。言っている意味は分かったかな？

じゃあ、指導教員変更願を出します、とエリサベスは言った。先生の下でその研究をするか、教務係に変更願を出すか、どっちがいいですか？

その一年後、エリサベスはイースター休暇で実家に帰った。それはちょうど母が、海のそばにでも引っ越そうかと考えていた時期だった。母はノーフォークとサフォークの不動産屋から送ってきた資料をエリサベスに見せながら、選択肢に上がっている家の説明を聞かせた。

家の話をほどよく聞いたところで、エリサベスはダニエルの近況について尋ねた。

家の中のことは人に手伝わせない、と母は言った。老人向けの食事宅配は断ってる。紅茶やコーヒーを淹れましょうかって言っても断る。洗濯やシーツ替えも人にはやらせない。家の中はかなりにおうわ。でも、誰かが何かお手伝いしましょうかって訪ねていっても、逆にこっちが椅子に座らされて、あの人が紅茶を淹れる始末。人にはお茶の一杯も淹れさせない。九十歳よ、少なくとも。でも、体は気持ちに付いていってない。前回、あの人がお茶を出してくれたときは、中に虫の死骸が入ってたわ。

私が自分で行って、ちょっと様子を見てくる、とエリサベスは言った。

ああ、久しぶりだね、とダニエルは言った。入りなさい。何を読んでいるのかな？

エリサベスは彼が紅茶を淹れるのを待った。それから、ロンドンで見つけた展覧会カタログを鞄から出し、テーブルの上に置いた。

私が小さかった頃にね、グルックさん、と彼女は言った。もう覚えてないかもしれないけど、二人で散歩に行ったときに何度か、絵の説明をしてくれたことがあったんだけど、この前ついにその絵を見つけたの。

ダニエルは眼鏡を掛け、カタログを開いた。その顔が一瞬紅潮し、次に青ざめた。

ああ、そうだ、と彼は言った。

そしてカタログのページをぱらぱらとめくった。顔が明るくなり、彼はうなずき、首を横に振った。

いいと思わないか？と彼は言った。

本当にすばらしいと思う、とエリサベスは言った。本当に傑作。テーマの面でも、技法の面でも興味深い。

ダニエルは一枚の絵を彼女の方に向けた。青と赤の抽象図形、黒と金とピンクの円と曲線。

この絵はとても鮮明に覚えてるよ、と彼は言った。

昔、そんなふうに二人で話をしたのがちょっと不思議な気がしたんです、とエリサベスは言った。グルックさんはここに載っている絵のことをとてもよく知ってますよね。でも、彼女の絵は何十年も行方が分かっていなかった。つい最近、また見直され始めたばかりなんです。アート業界でも、直接アーティスト本人を知っていた人を除いては、どうやら彼女の作品を知っている人はいないみたい。七年か八年前にボティの展覧会を開いた画廊にも行って、いろいろ尋ねてみました。ボティの知り合いだったという人の知り合いにも会いました。その人の話によると、ボティと仲のよかった友達は死後四十年近くたった今も彼女を思い出すたびに泣いているんだそうです。それで私はちょっと考えました。ひらめいたんです。ひょっとするとグルックさんはボティの知り合いなのかもしれないって。

ふむふむ、と彼は言った。これをご覧。

彼はまだ、〝ガーシュウィン〟と題された青い抽象画を見ていた。

彼女がこんなタイトルを付けていたとは今まで知らなかった、と彼は言った。

それに写真で見る彼女はびっくりするくらいの美人、とエリサベスは言った。そして人生で起きたことはまさに悲劇。彼女が悲しい死に方をした後には、また悲しいことが起きた。まず夫に、そして娘さんに。悲劇に次ぐ悲劇。耐えがたいほど悲しい話ばかり――

ダニエルは片手を上げてエリサベスを黙らせ、次に反対の手も同じように上げた。

沈黙。

彼は二人の間にあるテーブルに置かれた本をまた手に取った。そして、炎でできた女が描かれたページを開いた。反対側のページには鮮やかな黄色の抽象画があった。赤、ピンク、青、白。

ご覧、と彼は言った。

そしてうなずいた。

本当に大したものだ、と彼は言った。

彼は一ページずつ、すべてのページをめくった。その後、本を閉じ、テーブルに戻し、エリサベスを見た。

私の人生には、できればこの人に愛してもらいたいと思った人がとてもたくさんいた。男も女も含めて。でも、私自身が本気で愛したのはたった一度だけ。しかも、愛したのは人ではなかった。そう、人間ではなかった。

彼は本の表紙をとんとんと叩いた。

人ではなく、その目に恋をするということがあるのさ、と彼は言った。つまり、人の目を通じて、自分の姿が見える、自分が何ものかが分かる。そんな目に恋をしたということ。

エリサベスはその言葉を理解したかのようにうなずいた。

人間ではなかった。

ええ、六〇年代というと、と彼女は言った。独特な時代精神みたいなものがあって——

ダニエルはまた片手を上げ、彼女を黙らせた。

私たちを愛する人、私たちのことを少し知った人が、いつか私たちのことを本当に理解してくれるのだと期待することしか私たちにはできない。結局のところ、それ以外のことはどうでもいいんだよ。ダニエルはそう言っていた。

しかし、ひんやりしたものが彼女の体の中を巡っていた。すると、石鹸水をかけた窓ガラスをゴムのブレードで上から下になぞったときのように、視界が鮮明になった。

彼はエリサベスというよりは部屋に向かってうなずいた。

記憶が果たすべき責任というのはそれだけだ、と彼は言った。でも、記憶と責任はもちろん、まったく別物。互いに見知らぬ者同士。記憶は常にわが道を行く。

エリサベスは話を聞いているように見えただろうが、実際、頭の中では、高い音とともに激しく血が流れ、他の音は何も聞こえていなかった。

人間ではなかった。
ダニエルは本気で人を——
ダニエルは今まで一度も——
ダニエルは一度たりとも——

彼女は紅茶を飲み、そろそろおいとましますと言って立ち上がった。本はテーブルの上に置いたままにした。

彼女が玄関の掛け金を外していると、彼が本を持って後を追ってきた。

わざと置きっ放しにしたんです、あなたのために、と彼女は言った。気に入ってくれるかと思って。私にはもう必要ありません。学位論文は提出済みですから。

彼は老いた首を横に振った。

君が持っていてくれ、と彼は言った。

彼女は背後で扉が閉じられるのを聞いた。

ある年、ひょっとすると一九四九年、それか一九五〇年、あるいは一九五一年、とにかくその頃のある季節のある週のある曜日のこと。

知ってか知らずか、一九六〇年代の階級と性的道徳観の大きな変化を担う存在として十年余り後に有名人となるクリスティーン・キーラーはまだ幼い子供で、何人かの男の子たちと一緒に川のそばで遊んでいた。

子供たちは土の中から金属でできたものを掘り出した。それは片方が丸く、反対が尖った形をしていただろう。

小さな爆弾は子供らの上半身ほどの大きさがあったに違いない。彼らはそれが爆弾だと知っていた。だから、ある男の子の家に持って帰って父親に見せることにした。その父親はたぶん軍隊で働いていたので、その後、爆弾をどうすればいいかを知っているだろう。

それは長い間埋もれていたせいで泥だらけだったので、ひょっとすると子供たちはまず、濡れた草やジャンパーの袖で汚れを少しぬぐったかもしれない。その後、みんなでそれを順番に持ち、通りまで出た。二度ほどは地面に落とした。その際には、子供たちは爆発を恐れて慌てて走って逃げた。

彼らは少年の家に着いた。子供たちが外で騒いでいるので、少年の父親が何事かと外に出た。

何てこった。

英国空軍が来た。同じ通りに住む人は全員家から避難させられて、その後、さらにその周囲に住む人も全員避難させられた。

翌日の地元紙には、子供たちの名前が載った。

この話は彼女が自分の人生について書いた本にも記されている。もう一つ、別の話。彼女はまだ十歳にもならない頃、修道院に預けられたことがあった。就寝前に尼僧が女児たちに聞かせた話の一つは、ラストゥスという男の子に関するものだった。

ラストゥスは白人の幼い女の子に恋をしている。しかし、白人の小さな女の子は病気にかかり、死が迫っているようだ。彼女の家の前の木から葉が落ちる頃には命が尽きるだろう、と誰かがラストゥスに言う。そこでラストゥスはできる限りたくさんの靴紐を集める。ひょっとすると、自分のセーターもほどいて、毛糸にしたかもしれない。紐はたくさん必要になる。彼は彼女の家の前にある木に登る。そして紐を使って、葉を枝に結び付ける。

しかし、ある夜、本当に強い風が吹いて、葉がすべて落ちる。

（クリスティーン・キーラーが生まれる四十年前、当時は、同じような話を幼い少女たちに聞かせていた尼僧の多くがまだ若かったはずだが、ラストゥスというのは、ミンストレルショー（顔を黒塗りした白人によるバラエティーショー）でよく使われる名前だった。それは初期の映画や世紀転換期の小説、あらゆるタイプの娯楽メディアにおいて、黒人に対する差別的なキャラクター名になった。

アメリカ合衆国では、二十世紀の最初から二〇年代半ばまで、ラストゥスという名前の黒人キャラが朝食シリアル〝クリームオブヴィート〟の宣伝で使われた。ラストゥスはあらゆる写真で、シェフの帽子をかぶり、シェフの上着を着ていた。ある一つのイラストでは、年を取って杖をついた、髭の白い黒人が〝あなたの朝食にクリームオブヴィートを〟というポスターの前に立ち止まり、そこに描かれたラストゥスの絵を見ていた。絵の下には、〝どうやらこいつは世界でいちばんの有名人らしい〟というキャプションが添えられていた。

二〇年代半ば、〝クリームオブヴィート〟はラストゥスというキャラクター名をフランク・L・ホワイトに変えたが、ポスターに描かれたイラストや広告はほとんど変わらなかった。フランク・L・ホワイトというのは実在の人物で、一九〇〇年頃にシカゴでシェフを務めていた頃に撮影された顔写真が、〝クリームオブヴィート〟の標準的な広告の図柄になった。ホワイトが肖像の使用料金を受け取ったかどうかは、どこにも記録が残っていない。

彼は一九三八年に亡くなった。

ホワイトの墓にちゃんとした墓石が置かれるのはその七十年後だ。

さて、クリスティーン・キーラーに話を戻そう。)

彼女とゴーストライターたちによって書かれた二冊の本には、もう一つ別のエピソードが記されている。

これは彼女が子供の頃、また別の時期の話だ。彼女はある日、野ネズミを見つけた。そして、ペットとして飼うために自宅に持ち帰った。

彼女が〝パパ〟と呼ぶ人物はそのネズミを殺した。靴で上から踏んづけて殺したのだった。おそらく彼女が見ている目の前で。

いつもと同様、ダニエルは眠っている。

ひょっとすると施設で働く人にとって彼は、常にある程度清潔に保っておくべき寝たきりの人形の一つにすぎないのかもしれない。点滴は続けられているが、それをやめるかどうか、一度、お母様と相談させてくださいとエリサベスは言われていた。

エリサベスはそう訊かれたとき、こう答えていた。点滴はぜひ続けてください、母も私もその点はまったく同じ気持ちです、母は特にそう言っています、と。

モルティングズ養護老人ホームとしてはぜひ一度、お母様と話をさせていただきたいと思っています、と、この日は施設に着いた途端に受付で言われる。

そう伝えます、とエリサベスは言う。こちらに連絡するように言っておきます。

グルックさんの入所料と介護料をまかなっている保険がもうすぐ切れることを、できるだけ穏やかな形でお伝えしたいのです、と受付係は言う。

間違いなく近いうちに、その件で連絡するように伝えます、とエリサベスは言う。

受付係はiPadに戻る。その画面では、つい最近テレビで放映された犯罪ドラマが一時停止状態になっていた。エリサベスは一秒か二秒、画面を見つめる。制服を着た女性警官が、若い男が運転する車にひかれる。そこは路上だ。男はもう一度ひく。さらにもう一度。

エリサベスはダニエルの部屋に行き、ベッドの脇に腰を下ろす。

たしかに点滴はまだ続いている。

ベッドカバーの外に出ている片方の手が、口元に当てられている。その手の甲には点滴の針が留められていて、管が手の横にテープで固定されている（テープと針を見たエリサベスの胸の中で、張り詰めた細い糸が切れる）。深く眠っているダニエルの指先は、ほんの軽く、こする程度に上唇に触れている。その様子はまるで、パン屑かクロワッサンのかけらを払っているかのようだ。あるいは、そこに口があること、または指先に感覚が残っていることをさりげなく確かめているかのよう。しばらくするとその手はベッドカバーの中に消える。

エリサベスはダニエルのベッドの端に留められているカルテをこっそり覗く。そこには体温と血圧がグラフで記録されている。

カルテの一ページ目には、ダニエルが百一歳だと書かれている。

エリサベスは心の中で笑う。

（母：一体、何歳でいらっしゃるんですか、グルックさん？

ダニエル：自分がなりたい年齢にはまだはるかに及びませんよ、デマンドさん。）

今日のダニエルは古代ローマの元老院議員のようだ。眠れる頭部は高貴で、目は彫像のように閉じ、空《うつ》ろで、眉は額に下りた霜のように見える。

人の寝姿を見るのは特権だ、とエリサベスは思う。人がそこにいると同時にそこにいない、そんな状態を見られるのは特権だ。人の不在に立ち会うのは名誉であり、その際には静寂が求められる。尊敬の念も要求される。

いいや、違う。それは最悪だ。

それはどうしようもなく最悪だ。

閉じられたまぶたの外側にいるのはまったくいい気分ではない。

グルックさん、と彼女は言う。

彼女は左耳のすぐそばで静かに、秘密をささやくようにそう言う。

相談したいことが二つ。この施設が要求するお金の支払いをどうすればいいのか、私には分からない。何か私にしてもらいたいことがある？　それともう一つ。点滴を続けるかどうか決めるように言われてる。点滴は続けた方がいい？

行きたい？

それとも残りたい？

エリサベスは話をやめる。そして眠っているダニエルの頭から離れ、真っ直ぐに座り直す。

ダニエルは息を吸う。それから吐く。その後、長い間、息が止まる。そしてまた始まる。

介護士が一人、部屋に入ってきて、最初にベッドの手すりを、次に窓の桟を雑巾で拭く。

この方、本当に紳士ですよね、と女はエリサベスに背を向けたまま言う。

それから振り返る。

元々何をしてらしたんですか？　戦争の後は。

エリサベスはそのとき、自分が何も知らないことに気付く。

歌を作っていました、と彼女は言う。それに、私が子供の頃は子守をしてくれたんです。かなり小さかった頃ですけど。

私たちはみんな驚いたんですよ、と介護士は言う。戦争のときに抑留された話を聞いて。この方は本当はイギリス人なんだけど、ドイツ人だったお父様と一緒に拘留されたらしいですよ。この方は拒否することもできたのに、収容生活を選んだんですって。それから、妹さんをイギリスに呼ぼうとしたけど、当局に拒絶されたんだとか。

吸気。

呼気。

長い休止。

彼がそんな話を？とエリサベスは言った。

介護士は鼻歌を歌った。そしてドアノブを拭き、ドアの縁を拭いた。次に、先に白い四角の綿が付いた白いプラスチックの長い棒を取り出して、扉の上を掃除し、ランプの笠をきれいにした。

そんな話は初耳です、私たちは聞いたことがありません、とエリサベスは言う。

あなたたちは家族ですからね、と介護士は言う。知らない人間相手の方がしゃべりやすいこともあるんです。この方が眠る前には、いろいろと話を聞かせてくれましたよ。ある日、とってもいいことをおっしゃってました。優しくない国では国民はただの頭数でしかないって。そのときは国民投票の話をしていたんです。もうすぐ投票って時期でしたから。それ以来、いろいろ考えさせられました。頭のいい方ですね、おじいさまは。賢い方。

介護士は彼女に向かってほほ笑みかける。

あなたのなさっているのも素敵なことです、本の読み聞かせ。とても思いやりがある。

介護士は小さな作業用ワゴンを動かす。エリサベスは女のがっしりした背中を見送る。そのオーバーオールはサイズがきつそうで、背中と脇のところで生地がいっぱいに伸びていた。

私は何も知らない。誰のことも、ほとんど何も。

ひょっとすると、みんなそうなのかも。

吸気。

呼気。

長い休止。

彼女は目を閉じる。暗闇。

そして再び目を開ける。

本の適当なページを開き、そこから読み始める。しかし今回は、声に出して、ダニエルに向かって読む。彼の姉妹——春の妖精《ニンフ》たち——は彼の死を嘆き、髪を切って捧げ物にした。樹木の妖精《ニンフ》たちも彼の死を嘆き、エコー（ナルキッソスに恋慕した挙げ句、やせ細って、声だけが残ったと言われる森の精）は嘆きの歌を繰り返した。

火葬用の薪、点火用の松明、棺が準備されたが、彼の遺体はどこにも見つからなかった。遺体の代わりに、中心が黄色くてそれを白い花弁が丸く囲んでいる花が一輪見つかった。

そこに写ってる私は十三歳、と母は言っていた。休暇で海辺に行ったんです。家族で毎年出掛けてました。それが母。それに父。

居間には隣人がいた。

それはエリサベスが妹の話をした直後のことだった。彼女はそのとき、隣人が妹の話を蒸し返して、もう一人の娘さんはどこですかと母に訊くのではないかと恐れていた。

今までのところ、その話を持ち出してはいなかった。

彼は居間の壁に飾ってある母の家族写真を見ていた。

まったくすばらしいですね、これ、と彼は言っていた。

母はコーヒーを淹れただけでなく、とっておきのマグカップでそれを出していた。

すみません、デマンドさん、と隣人は言った。私がすばらしいと言ったのは写真のことです。

それにしてもこの、ブリキの看板。本物ですね。

何ですか、グルックさん?と母は言った。

彼女はテーブルにマグを置き、写真を見に近づいた。

どうかダニエルと呼んでください、と隣人は言った。

そして写真を指差した。

ああ、と母は言った。それね。ええ。

子供の頃の母の後ろに、アイスキャンディーを宣伝する広告板が写っていた。二人が話していたのはその看板の話だ。

六ペンス、と母は言った。貨幣制度が変わった頃（英国では一九七一年に大規模な変更があった）、私はまだ幼い子供でした。でも、昔の一ペニー硬貨は覚えてます。半クラウン硬貨も。

彼女は少し大きすぎる声でしゃべっていた。隣人——ダニエル——はそれに気付いていないか、気にしていない様子だった。

明るいピンクの上に重ねられた暗いピンクを見てください、とダニエルは言った。青もほら、色の境目で影が濃くなっている。

そうですね、と母は言った。ズーム。ファブ（ライオンズ・メイドというブランドのアイスに、ここで描写されているような広告看板があった。ズームとファブは名称とともに看板に描かれたアイスの種類）。

ダニエルは猫の隣に腰を下ろした。

猫の名前は何?と彼はエリサベスに言った。

バーブラ、とエリサベスは言った。歌手のバーブラ・ストライサンドにちなんで。

私がストライサンドのファンなんです、と母は言った。

ダニエルはエリサベスに目配せをして、CDの棚の前に行ってコレクションを調べていた母親には聞こえないよう、まるで彼女には知られたくないみたいに小さな声で言った。

信じてくれなくてもいいが、実はバーブラ・ストライサンドは以前、私が歌詞を書いた歌をコンサートで歌ってくれたことがある。作詞料としてかなりのお金をもらったよ。でも、レコーディングはしなかったんだ。していれば、私は今頃大金持ちになっていただろうけどね。時間旅行ができるくらいの金持ちに。

歌が得意なの？とエリサベスは言った。

全然、とダニエルは言った。

本当に時間旅行がしたい？と彼女は言った。もしもできるとして、だけど。時間旅行が本当にあるとして。

ぜひしたいね、とダニエルは言った。

どうして？とエリサベスは言った。

時間旅行は本当にあるよ、とダニエルは言った。私たちはいつも時間旅行をしている。今という瞬間から次の瞬間へ。この一分から次の一分へ。

彼はエリサベスに向かって大きく目を見開いた。それからポケットに手を入れ、二十ペンス硬貨を取り出して、猫のバーブラにそれを見せた。彼が反対の手で何かをすると、硬貨は消えた！　硬貨は消えてなくなった！

愛は安楽椅子のように柔らかいという歌（バーブラ・ストライサンドの「スター誕生　愛のテーマ」の歌詞）が部屋中に響く。猫のバーブラはまだ信じられないという表情で、空っぽになったダニエルの手を見ている。そして両前足を上げてダニエルの手をつかみ、なくなった硬貨を探ろうとそこに鼻の先を突っ込む。猫の顔は驚きに満ちている。

動物の性質の奥深いところにあるんだろうね、とダニエルは言った。人間でも動物でも、目の前で起きていることは見えないものなんだ。

十月はまばたき一つの間に過ぎる。一分前に重そうに木からぶら下がっていたリンゴは消え、その木の葉は黄色がかって、数も減る。一回の霜で国中の百万本の木が鮮やかな色に変わる。常緑樹以外の葉は皆、美しくけばけばしい赤、オレンジ、金色に染まり、その後、茶色くなって落ちる。

日々、意外なことに気温は穏やかだ。夏がとうに過ぎたとは思えない——夜の冷え込みさえなければ。暗くなると同時に寒さと湿気がレースのような縁とともにそっと訪れ、植物は静かにわが身を守り、あちこちにかかるクモの巣に、ビーズのような露が付く。

暖かな日に、これほどたくさんの葉が落ちるのはおかしな気がする。

でも夜は、涼しいというより、寒い。

屋内にいるクモは天井の隅で卵囊《らんのう》を守っている。

来年孵《かえ》る蝶の卵は草の葉の裏側に隠れ、枯れたように見える荒れ地の草の茎に点々と模様を作り、みすぼらしい藪や枝に擬態している。

3

これは新しい昔話。とても新しいので、実はまだ話は途中までしか進んでおらず、どこでどう終わるのか分からないままに、物語は書かれつつある。一人の老人が枕に頭を載せて、とある養護施設のベッドで眠っている。心臓は鼓動を打ち、血液は体を巡り、息を吸っては息を吐き、眠っては目を覚ます。彼は今、流れる小川の水面を漂う、破れた木の葉《リーフ》にすぎない。緑の葉脈と葉の本体、水と流れ。ダニエル・グルックはついに葉狂《はっきょう》しかけている。舌は大きな緑の葉《リーフ》。目からは何枚もの葉が生え、耳からも葉がざわざわと生え（いい表現だ）、洞窟のような鼻の穴に蔓の先が伸び、体は生え広がった葉に覆われ、葉《リーフ》が皮膚になり、気持ちはほっと《リリーフ》する。

そして気が付くと、彼は幼い妹の隣に座っている！

でも今、なぜか妹の名前が思い出せない。これは驚きだ。生涯ずっと、大切に思ってきた単語の一つなのに。気にすることはない。今は隣にいるのだから。横を向くと、そこに妹がいる。その姿を見るのはどうしようもなくうれしい！　妹は今、画家の隣に座っている。彼をしたたかに振った、あの画家だ。なるほど。これが人生か。画家がつけている香水の匂いさえ感じられる。〝オー！デ・ロンドン〟だ。華やかで甘い、木のような匂い。最初に知り合った頃の香水。その後、もっと大人になって落ち着いてからは、〝リヴ・ゴーシュ〟。その匂いも彼には分かる。

妹も画家も、彼を無視している。それは別に珍しいことではない。二人は彼の知らない男と話をしている。若くて長髪、まじめそうな顔で、大昔の服、あるいはひょっとすると劇場の舞台の下に積まれていた昔の衣装から取ってきた古い服を着ている。男は袖口の広いシャツを着た腕を伸ばして、**春の寒々しい緑よりも**（ジョン・キーツが友人宛に書いた手紙からの引用）切り株の残る畑の方が好きだと言っている。妹と画家はその意見に賛成している。ダニエルは気が付くと少し嫉妬を感じ始めている。**ある種の絵が温かく感じられるのと同じように**、と若い男は画家に向かって言う。**切り株の畑にはぬくもりが感じられます。**画家はうなずいて言う。**私は目がなければ存在しないのと同じです。**彼女の声のかけらはきらきらと輝いている。

彼は妹の注意を惹こうとする。

そして肘を小突く。

しかし無視される。

でも、彼には妹にずっと言いたかったことがある。最初に思い付いたときから六十年以上、言いたいと思っていた。以来、思い出すたびに、三十秒間だけでも妹が生き返ってくれたらと思い続けている。妹はきっととても興味深いと思ってくれるはず（彼は、よくそんなことを考えたねと妹を感心させたい）。カンディンスキー、と彼は言う。それとパウル・クレー。この二人は世界で初めてその風景を絵にしたんだ。まったく新しい風景画。二人は目の内側から見た風景を絵にしている。ちょうど偏頭痛に襲われているときに見える風景を！

妹はよく偏頭痛を起こす。

つまり、鮮やかな黄色、曲線や直線に沿ってピンクや黒の三角が躍動する様子。

妹はため息をつく。

彼は今、妹の部屋の窓台に座っている。妹は十二歳。彼は十七歳。妹よりずっと年上だ。なのにどうして自分の方が幼いみたいに感じるのだろう。妹は聡明だ。今も机に向かって本を読んでいる。机の上にも、床にもベッドにも、読みさしのたくさんの本。彼女は読書好きだ。いつも本を読んでいる。しかも同時に数冊を読みたがる。そうすると、果てしない奥行きや立体感が生まれるのだという。二人は夏の間中、喧嘩をしていた。彼は父と一緒に明日、通っている学校のあるイギリスに戻る。しかし彼は、そこを自分の居場所ではないと感じている。彼は妹に優しくしようとする。妹は無視する。彼が優しくすればするほど、妹は彼を軽蔑する。妹に軽蔑されるのは初めての経験だ。去年もそれ以前も、彼は妹にとってヒーローだった。去年はまだ、彼がジョークを言ったり、コインを消すマジックをしたりすれば、妹は喜んでいた。ところが今年はあきれた顔をするばかりだ。そこは古い街だが、なぜか新しくもあり、よそよそしくもあった。何も違わないが、すべてが変わっていた。昔と同じ古い木の匂いがした。陽気な夏の空気。でも今年はその陽気さが、ある種の公然たる脅迫のようだった。

彼女は昨日、兄が部屋で泣いているのを見た。彼女は扉を開けた。彼は出て行ってくれと言った。彼女は出て行かず、戸口にじっと立っていた。どうしたの？と彼女は言った。怖い？　彼は違うと言った。そしてあからさまな嘘をついた。僕はモーツァルトのことを考えていたんだ、と彼は言った。モーツァルトは死んだとき、まだ若かったし、みじめだった。でも音楽はとても軽快だった。そんなことを考えていたら涙が出て来たんだ、と。なるほど、と彼女は戸口で言った。兄が嘘をついていることは完璧に分かっていた。もちろんモーツァルトに彼を泣かせる力がないということではない。実際、高音の甘いメロディーが小さなオルガスムスみたいなものを引き起こすことはしばしばあった。そんな露骨な言葉を彼が口にすることはなかったけれども——特に妹の前では。でも本当？　そのとき彼を泣かせていたのはモーツァルトではなかった。正直に言ってよ、夏のお兄ちゃん（まるで彼が常に兄なのでなく、夏の間だけ兄であるみたいに、彼女はそう呼ぶようになっていた）、と木でできた扉の板を指先で叩きながら彼女は言った。それは別に、泣くようなことじゃないでしょ。

　今日の彼女は机から顔を上げて、まだそこにいたのと驚いたふりをする。

　もう行くよ、と彼は言う。

　しかし窓台に座ったまま動かない。

　そんなところで憂鬱《メランコリー》のオーラを放ってないで、もっと役に立つことをしたらどう？　病気《シック》を重くしてないで、と彼女は言う。

　病気《シック》？と彼は言う。

　かくしてこの世の栄華は移りゆく《シック・トランシット・グロリア・ムンディ》（ラテン語）と彼女は言う。ハハハ。

耐えがたい。彼は妹を憎む。

糸の切れた操り人形みたいね、と彼女は言う。ここにいるなら何かしてよ。何か話して。

何を？と彼は言う。

知らない、と彼女は言う。何でもいい。とりあえず。今読んでいるものの話を聞かせて。

ああ、今読んでいるものはたくさんある、と彼は言う。

兄が何も読んでいないのを彼女は知っている。本を読むのは彼女で、彼ではない。

たくさん読んでいる中から一つ、話をしてよ、と彼女は言う。

彼女は兄をやりこめようとしている。第一に涙を見せたことについて。第二に、彼女のように読書をしていないことについて。

でも、学校のフランス語の授業で読まされている物語がある。それで間に合わせよう。

実は最近、世界的にも有名な物語を読んでる、と彼は言う。たまたま魔法の山羊《やぎ》の革を手に入れた、大昔の老人の話（バルザック『あら皮』）。でも、その男は伝説そのものと同じくらい年を取っていて、死期が迫っているので――

人間は死ぬさだめだから伝説にはなれない、と彼女は言う。

んん、と彼は言う。

彼女は笑う。

それで老人は魔法の山羊革を誰かに譲りたいと考える。

どうして？と彼女は言う。

頭の中が真っ白になる。理由はまったく見当が付かない。

魔法が無駄にならないようにさ、と彼は言う。そうしないと、ええと、そうしないと――

そもそも魔法の山羊革はどこで手に入れたの?と彼女は言う。

彼にはまったく分からない。実は授業をちゃんと聞いていなかったから。

昔、魔法の山羊がいたってこと?と彼女は言う。崖っぷちに? どんなに高いところから、どんな角度でジャンプしても、ちゃんと四本の脚で着地できたってこと? それとも、ある山羊の皮を剝いだら、その後、革が魔法の力を得たってこと? 山羊がいけにえになったのと引き換えに?

妹は話を知らないのに、彼が思い出そうとしているのより面白い物語を作り上げていた。

どうなの?と彼女は言う。

魔法の山羊革はね、と彼は言う。ええと、その老人が持っている中でいちばん古くていちばん強力な魔法の本のカバーに使われていた。その結果、何百年間も魔法の力が染み込んでいたのさ。だからそれを人に譲るために、丁寧に革を剝がした。

〝だから〟っていうのなら、本ごとそのまま丁寧に次の人に譲ればいいんじゃないの?と妹は言う。

彼女は机の前で彼の方を向き、半分からかうような、半分愛情を感じさせるような表情を見せる。

それは分からない、と彼は言う。とにかくそれを人に譲ることにしたってことしか、僕は知らない。そして、ええと、若い男に譲り渡すことにする。

どうして若い男なの？と妹が言う。なぜ若い女にしないの？

あのさあ、と彼は言う。僕は自分が読んだ話を教えてるだけだぞ。で、老人は若者に言う。ほら、これが魔法の山羊革だ。大事にしなさい。とても強力なものだ。使い方を教えよう。この上に手を置いて、一つ願い事をする。そうすれば願いが叶うというわけだ。しかし老人は、願い事をするたびにその規模に応じて魔法の山羊革が縮むことは教えなかった。こうして若者は願い事をして、それが叶い、また願い事をしてそれが叶った。そして魔法の山羊革に願うことで、若者は幸運に恵まれた生涯を送った。でもあるとき、魔法の山羊革が手のひらよりも小さくなってしまった。そこで彼は、革が大きくなることを願った。すると山羊革《ゴート・スキン》はどんどん、どんどん大きくなって、世界と同じ大きさにまでなるとパッと消えた。

妹はあきれ返った顔をする。

そして同時にその若者――もうかなり年を取っていたけれども、元の老人ほどではなかったと思う――は死んでしまった、と彼は言う。

妹はため息をつく。

それでおしまい？と彼女は言う。

うん、他にもよく覚えていない部分はあるけど、と彼は言う。でも、あらすじはそういうこと。

よかったわ、と彼女は言う。

そして窓の近くまで来て、彼の頬にキスをする。

魔法の包皮《フォアスキン》の話を聞かせてくれてありがとう、と彼女は言う。

兄は一瞬遅れて彼女が言った言葉に気付く。そして顔を真っ赤にする。体中が真っ赤になる。

彼女はそれを見てほほ笑む。

私がいけない言葉を口にしたから赤くなってるの?と彼女は言う。でもその物語、本当はそういう意味だと思う。物語は数百年間変装を続けることで、世界の真実を隠してきたんだろうけど。ね、包皮。包皮、包皮、包皮。

彼なら妹の前ではとても口にできない言葉を、彼女は大声で叫びながら部屋を一周する。

妹は頭がおかしい。

でも、見事に物語の本質を言い当てている。

彼女は聡明だ。

まったく新しいレベルの真実を見ている。

危険で輝いている。

彼女は窓辺に来て、さらに大きく窓を開ける。そして通りに向かって、空に向かって叫ぶ(ただし、ありがたいことに英語で)。**包皮は移ろいゆく。でも、モーツァルトは永遠に残る!** それから机の前の椅子に戻り、読みかけの本を手に取って、まるで何事もなかったかのように読書を再開する。

彼は一瞬待ってから外に目をやり、通りの先を見る。子犬を連れた淑女が立ち止まり、目の上に手をかざして上の方を見ている。それを除けば、街はいつもと同じ風景で、彼の妹が<u>これほど</u>

狂っていて、これほど勇敢で、これほど賢く、これほど奔放で、これほど冷静だとは誰も知らない。彼女は大人になればきっと、世界でも大きな力を持った存在、重要な評論家、変革者、いっぱしの論客になるだろう。

夏のお兄ちゃん。

老人ホームのベッドで眠る老人。

妹。

わずか二十歳か、二十一までの人生。

写真は一枚も残されていない。母の家にあった写真は？　大昔に燃え、行方が分からなくなり、失われ、街角のごみとなった。

しかし、妹が母の看病をしていた頃によこした手紙はまだ取ってある。彼女は十八歳。知性を感じさせる、少し右に傾いた手書き文字。

親愛なるダニエル兄さん、問題は私たちが置かれた状況をどう見るかということです。私たちの立場をどう見て、どう理解するか、そして曇りのない目で状況を見据えて、絶望に捕らわれないように努めつつ、いかに最善の行動を取るか。それがまさに希望というものです。たったそれだけのこと。この世において人間が人間にやっている間違ったことにどう対処するかという問題。彼らも私たちも皆、人間であって、人間の問題は、美醜にかかわらず、すべての人に関係がある。そして何よりいちばん大事なのは、私たちがこの世にいるのはほんの一瞬、それきりだということと。でもその一瞬のうちに、優しいウィンクをするのか、それとも進んで目をつぶるのかという選択がある。私たちにはそのどちらも選ぶことができるし、ある状況に埋もれそうになったときでも、その上に顔を出すことも、その泥に埋もれることも、どちらでも選べるのだと知っていなければならない。だからこそ今——ここで私は、お兄様の優しい心遣いと悲しみに沈んだ魂に感謝します——今のうちに時間を、私たちの時間を無駄にしないことが大事なんです。

親愛なるダニエル兄さん。

私はその貴重な時間を何に使ったのだろう？

韻を踏んだつまらない歌。

実際、他にどうしようもなかった。

そして、歌で金が稼げたときには、たっぷりと食事をとった。

穏やか《メロー》な秋。黄色《イエロー》の秋。あのくだらない歌の歌詞なら一字一句覚えている。それなのに思い出せない、

やれやれ《ディア・ゴッド》、どうしても思い出せない。

申し訳ありませんが、親愛なる神様《ディア・ゴッド》、妹の名前を私に思い出させてくれませんか？

彼は別に、神を信じているわけではない。というか、神が存在しないことを知っている。でも念のため、神が存在する場合に備えて祈っている。

お願いです、思い出させてください、妹の名前を、もう一度。

申し訳ないが、と静寂が言う。力にはなれない。

誰だ？

（静寂。）

そこにいるのは誰？

（静寂。）

神様？

ちょっと違う。

じゃあ誰？

どこから説明しようか？　私は蝶の触角だ。私は絵の具の材料となる化学物質。私は水際の死体だ。私は水だ。私は際《きわ》だ。私は皮膚の細胞。私は消毒薬の匂い。私は人が唇の乾燥を防ぐために唇に塗るあれ。感じないか？　私は柔らかい。私は硬い。私はガラス。私は砂。私は黄色いペットボトル。私は海の中と、魚の内臓に溜まったプラスチック。私は魚。私は海。私は海の軟体動物。私は潰れたビール缶。私は運河に放り込まれた買い物カート。私は五線の上の音符、電線の上の鳥。私は五線。私は電線。私はクモ。私は種。私は水。私は熱。私は座席の綿。私はあなたの横にある管。私は管の中に溜まっているあなたの尿だ。私はあなたの脇腹。私はあなたの反対の脇腹。私はあなたの反対。私は壁の向こうから聞こえる咳だ。私は咳。私は壁。私は粘液。私は気管支。私は内側。私は外側。私は往来。私は汚染。私は百年前に田舎道に落とされた馬糞。私はその道路の表面。私はその下にあるものだ。私はその上にあるもの。私は蠅。私は蠅の子孫。私は蠅の子孫の子孫の子孫の子孫の子孫の子孫。私は円。私は四角。私はすべての図形。私は幾何学。これでも私の正体についての説明は、まったく始まりにも達していない。私は万物を作るすべてのものだ。私は万物を解体するすべてのものだ。私は炎。私は洪水。私は疫病。私はインク、紙、草、木、葉々、一枚の葉、葉に内在する緑だ。私は葉脈。私は物語を語らない声。（鼻で笑う。）そんなものは存在しない。

悪いけど、存在する。それが私だ。

葉って言った？

葉って言った、うん。

あなたが？　葉っぱ？

耳が悪いのかな？　私は葉だ。

さみしい一枚の葉っぱ？

違う。正確に言うと。既に話した通り。既に明らかにした通り。私はすべての葉だ。

あなたはすべての葉。

そう。

じゃあ、既に落ちた葉っぱってことか？　それともまだ落ちるのを待っている段階？　秋の？

あるいは夏の嵐の中で？

うむ、定義からして——

それに、〝すべての葉〟っていうのなら、去年の葉でもあるわけ？

私は——

それに来年の葉っぱでもある？

そう、私は――

あなたはすべての年の古い落ち葉すべて？　それに、来たるべき葉っぱのすべて？

そう、そう。当然。やれやれ。私は葉だ。すべての葉だ。オーケー？

そして落ち葉でもある？　イエスか、ノーかで答えてくれ。

もちろんだ。葉は落ちるものだから。

じゃあ、あなたが誰だか知らないが、そんな話にはだまされない。絶対にだまされない。

（静寂。）

いつだって、いつだって、物語には次がある。物語はそういうものだから。

（静寂。）

物語は終わりのない落葉だ。

（静寂。）

違う？　そうじゃないか？

（静寂。）

本物の秋が近づく今、天候はよくなっている。夏からずっと最近まで、エリサベスがパスポートの窓口確認送付手続きのために初めて郵便局を訪れて以来、空気が悪臭を放ち、雲が重く、ひんやりして秋めいていた。

やっと郵便で新しいパスポートが届く。

髪の毛は結局、大丈夫だったのだろう。目の位置も大丈夫だったらしい。

彼女は新しいパスポートを母に見せる。母はパスポート表紙の上端にあるヨーロッパ連合の文字を指差し、悲しそうな顔をする。その後、中をぱらぱらとめくる。

この絵は何？と彼女は言う。児童書《レディーバード》のイラストみたいな絵が入ってるけど。

ＬＳＤでハイになってる児童書《レディーバード》みたい、とエリサベスが言う。

こんなデザインなら、新しいパスポートはほしくないわ、と母は言う。しかも最初から最後まで男ばかり。女はどこに行ったの？　あ、ここに一つ。グレーシー・フィールズかしら？　この建物は何？　で、一体誰？　それに、たったこれだけ？　パスポート一冊の中で、変な帽子をかぶったこの人がただ一人の女性ってわけ？（グレーシー・フィールズは英国の歌手・コメディアン（一八九八—一九七九）。実際にはこの肖像は建築家のエリザベス・スコット（一八九八—一九七二））あ、違うわ。ここにも一枚。でも、ちょうど真ん中の折り目のところ。まるで後から付け足したみたい。こっちにも二人描かれてる。スコットランドのバグパイプ奏者と一緒に。二人とも、型にはまった異国風のダンサーが踊っている姿ね。伝統芸能。うん、スコットランドと女と旧植民地の縮図が見事にここに収められてる。

母はそれをエリサベスに返す。

このパスポートと呼ばれているくだらないものを国民投票の前に目にしていたら、と彼女は言う。投票結果が早めに予想できてたと思うわ。

エリサベスは新しいパスポートを、家の奥に母が用意してくれた寝室の鏡の横に置く。それから、バス停に向かうためにコートを羽織る。

忘れないでよ、と母が大きな声で後ろから言う。夕食。六時までには戻ってね。ゾーイが来るんだから。

ゾーイというのは、かつて母が幼かった頃にBBCで子役を務めていた女性で、二週間前の『金の小槌』の収録の際に初めて会ってそのまま仲良くなった人物だった。ゾーイは母が月初めにテレビボックスで録画していたスコットランド議会の開会式を一緒に観るため、家に招かれていた。そのビデオは母が以前から、エリサベスにも観せたいと言っていたものだ。既に何度も観ていた母はビデオの冒頭、男のナレーションが職杖《メイス》に刻まれた言葉を読み上げる段階から涙を流していた。

知恵。正義。思いやり。誠実。

ポイントは誠実という言葉ね、と母は言った。毎回、それが涙腺を刺激する。その言葉を耳にするたびに、嘘つきどもの顔が思い浮かぶの。

エリサベスは顔をしかめた。彼女は毎朝、目を覚ますたび、誰かにだまされたという感覚に襲われる。そして次に考えるのは、どちらの側に投票したにせよ、誰かにだまされたと感じながら目を覚ます人がイギリスにどれだけたくさんいるのかということだ。

んん、と彼女は言った。

あたしは今も向こうの物件を探してる、と母は言った。あたしはEUから出ていくつもりはない。

母はそれでもいいだろう。もう人生は充分に生きたのだから。

週末に、大声で〝統治《ルール》せよ、英国《ブリタニア》よ〟を歌いながらエリサベスのアパートの外を歩くチンピラの一団がいた。英国《ブリタニア》は大海原を統治する。最初の標的はポーランド人。次はイスラム教徒。その次は日雇い労働者、そしてゲイ。**おまえら、ただじゃ済まないぞ**、と同じ土曜の朝、ラジオ4の討論会で右翼の代表が女性国会議員に向かって大声で言っていた。司会者はそれをとがめもせず、コメントもせず、男が放った脅迫の言葉を認めることさえしなかった。それどころか、討論を締めくくる言葉を保守党の国会議員に任せた。その議員は番組最後の三十秒を使って、**現在、リアルで切実な不安の原因は**——たった今、生放送中に行われたあからさまな脅迫ではなく——**移民問題**だと言った。エリサベスは風呂の中で討論を聞いていた。そこまで聞いた後、彼女はラジオのスイッチを切り、今後、以前のように無邪気な気持ちでラジオ4を聞けるだろうか、と考えた。彼女の耳は〝すべてを変える海〟の作用を受けていた。あるいは世界が変化を遂げていた。

海はすべてを変えるもの
今では豊かなものと――（シェイクスピア『テンペスト』第一幕第二場の引用。この後は「……不思議なものに変化している」と続く）

豊かなものと何？と彼女は思う。

豊かなものと貧しいもの。

彼女は鏡に付いた水滴をぬぐい、バスルームの中に立ったまま、自分の息遣いのこだまを聞く。そしてぼやけた鏡像を見つめる。

もしもし、とエリサベスは翌朝、母に電話をかけて言った。私よ。少なくとも、たぶんそれは変わってないと思う。

言いたいことは分かる、と母は言った。

ちょっと母さんのところに泊まりに行ってもいい？　片付けたい仕事があるから、何ていうか、家の方が落ち着いてできる気がして。

母は笑って、奥の部屋なら好きなだけ使っていいと言った。

同じときに、一九六〇年代の子役スターのゾーイも、スコットランドの録画を観るために来ることになっていたというわけだ。

ゾーイとあたしは銀製の金貨《ソブリン》ホルダーがきっかけで仲良しになったの、と母は言っていた。あなたはたぶん知らないわね？　ふたを閉じると懐中時計みたいな感じ。あたしはテレビの骨董品市場で一回か二回、見たことがあった。それがキャビネットの上に置いてあったのをゾーイが手に取って、ふたを開けて、あら残念、時計の中身が取り除かれてるって言ったの。だからあたしが、違う、それはたぶん金貨《ソブリン》ホルダーだって言った。そしたら彼女が、え！　国の権威《ソブリン》ってこんなにちっちゃいの？って。だから、昔のお金のことよって。知ってたのかもしれないけど。昔の一ポンド硬貨。その後、六十ペンスの価値ってことになった。あたしたちは二人とも大きな声で笑ったもんだから、隣の部屋でやってた収録が一テイク駄目になっちゃった。

　あなたも彼女にぜひ会ってもらいたい、と母は今日、もう一度言う。あの人のおかげであたしはすごく元気が出たんだから。

　ちゃんと覚えておくわ、とエリサベスは言う。

　そして玄関を出た途端に忘れる。

何度も何度も繰り返し。頭を枕に載せ、目を閉じ、睡眠が徐々に長くなって、ほとんどそこにいるといえない状態が続く中でも、彼は以前と変わらない力をずっと発揮し続けている。限りない魅力を。ダニエル。魅力に包まれた人生。どうして彼にはそんなことができるのだろう？

彼女は廊下から椅子を持ち込んでいた。部屋の入り口も閉め、今日、買ってきた本を開き、小さな声で静かに冒頭から読み始めていた。**それは最高の時代だった。それは最悪の時代だった。それは叡智の時代であり愚鈍の時代、信念の時代であり不信の時代、光の季節であり闇の季節、希望にあふれる春であり、絶望に覆われた冬でもあった。私たちの目の前にはすべてがあり、同時に何もなかった**（ディケンズ『二都物語』の冒頭部）。その言葉は呪文のようだった。呪文はわずか数秒で効果を見せた。さっきまで目の前で起きていたことがすべて、遠い世界の出来事に変わった。

まさに魔法。

パスポートなんて要らない。

私は誰？　ここはどこ？　私は何もの？

私は本を読んでいる。

目の前でダニエルはおとぎ話の登場人物のように眠っている。彼女は冒頭部を開いたまま、本を手に持っている。何も口に出しては言わない。

昔、と彼女は頭の中で言う。私がとても小さかった頃、あなたに会うことを母に禁じられて、三日間だけ言われた通りにしたことがある。でも三日目の朝には、いつか自分は死ぬのだと初めて気が付いた。そして堂々と母の言葉を無視した。母の指示に逆らった。母には私を止めることはできない。それはわずか三日のことだったけど、あなたに気付かれなくて、少なくとも当時はそれを悟られなくてよかったと思っている。

でも、私がここに何年も来なかったことは謝りたい。何だかんだで十年。本当にごめんなさい。でも、私にはどうしようもなかった。あるくだらないことで心が深く傷ついていたの。

もちろん、あなたは今回も気が付かなかったかもしれないけど。

私の方はずっとあなたのことを考えていた。あなたのことを考えていない間もずっと、あなたのことが頭にあった。

エリサベスは何も言わない。発しているのは息の音だけ。

ダニエルは何も言わない。発しているのは息の音だけ。

その後、間もなく、椅子に座ったまま、壁に頭を持たせかけて眠りに落ちる。彼女は今、夢の中の真っ白な部屋に座っている。

今回の白い部屋は彼女のアパートだ。

正確に言うと、それは彼女のアパートではない。夢の中でもそれは分かっている。彼女は一生、家を手に入れることはできないと考えることに慣れ始めていた。だからといって、別にどうということはない。今時、家が持てるのは、よほどの金持ちか、親の家を相続するか、親が金持ちかだ。でも、気にすることはない。アパートを借りているのだから。夢の中で真っ白なアパートを借りている。隣のテレビの音が壁越しに聞こえる。それは隣にも人がいるという数少ない手掛かりの一つだ。

誰かが扉をノックする。きっとダニエルだ。

でも違う。少女だ。真っ白な紙のような無表情。何も映っていない画面のような空白。エリザベスはパニックを起こしそうになる。画面に何も映っていないということは、コンピュータが壊れかけている証拠だ。すべての知識が消えかけている。仕事のファイルに二度とアクセスできなくなる。今、世界で起きていることを将来知る方法がなくなる。誰とも連絡が取れなくなる。彼女は今後、何もできなくなる。

少女はエリザベスを無視する。そして、エリザベスが扉を閉められないよう、戸口に腰を下ろす。そして本を取り出す。この子はきっと『テンペスト』のミランダだ。『テンペスト』のミランダが『すばらしい新世界』を読んでいる。

少女はまるで今初めて、エリザベスがそこにいることに気付いたみたいに、本から顔を上げる。私たちのお父さんのことを知らせるためにここに来たの、と彼女は言う。

無表情な少女によると、父は今朝、新しいノートパソコンを買いに行ったらしい。

姉さんへのプレゼントよ、と少女(エリザベスの妹)が言う。ところがそのとき、こんなことがあったの。

するとエリサベスの前で、まるで映画を観ているかのように、そのときの出来事が再生される。ジョン・ルイス百貨店に行く途中、一人の男（これが父？）がキャッシュコンバーターズ（中古品の買取、質業などを行っているチェーン店）の前で立ち止まって窓の中を覗き、何か安いものがないかと探す。一人の女が立ち止まり、同じように店を覗く。ノートパソコンをお探しですか？と女が言う。ええ、とエリサベスの父が言う。実はね、と女が言う。私は今からこの店に入って、新しいノートパソコンを売ろうと思っていたんです。もう一度言いますけど、新品同様ですよ。このたびアメリカで新しく仕事を始めることになったから、パソコンが要らなくなったんです。でももしもノートパソコンを買おうと思ってらっしゃるなら、店に売るのはやめて、あなたに売ってもいいですよ。新品にしてはとてもお得な金額で。

エリサベスの父が女と一緒に駐車場に行くと、女が車のトランクを開け、中にあった大型バッグのジッパーを開く。そして新品のノートパソコンを取り出す。夢の中でも、エリサベスには新品の匂いが分かる。

現金で六百ポンド、と女は言う。悪くないでしょう？　ええ、とエリサベスの父は言う。悪くないですね。ＡＴＭからお金を引き出してきます。

一緒に行きます、と女が言って、ノートパソコンを大型バッグに戻し、トランクの蓋を閉める。二人はＡＴＭに行く。父は金を引き出す。二人は車に戻る。父は女に金を渡す。女はトランクを開け、大型バッグを取り出し、そのまま父に渡す。女はトランクを閉め、車で去る。

その後、お父さんはバッグを開けたんだけど、と無表情な少女が言う。袋の中にはタマネギしか入ってなかった。タマネギとジャガイモ。これがそう。

少女はエリサベスに大型バッグを渡す。エリサベスが開けると、中にはジャガイモとタマネギがたくさん入っている。

ありがとう、とエリサベスは言う。お礼を言っておいてね。

エリサベスはコンロがあるはずの場所を見る。でも、真っ白な部屋の中には何もない。まあいいや、と彼女は思う。ダニエルが来たら、このタマネギやジャガイモをどうすればいいか知ってるだろうから。

そこで彼女は目を覚ます。

そして一瞬だけ夢を覚えているが、今いる場所を思い出した途端に夢の内容を忘れる。

彼女は椅子に座ったまま伸びをする。腕、肩、脚。

なるほど、ダニエルと寝るのはこんな感じなのね。

彼女は心の中で笑みを浮かべる。

(以前からずっと、それがどんなものなのか気になっていたのだ。)

一九九六年四月、ごく普通の水曜日。エリサベスは十一歳。足には新しいインラインスケート靴を履いている。体重をかけると靴底がきれいな色で光るものだ。ただし、外が暗くなった後で寝室の明かりを全部消すか、部屋のブラインドを引いて、両手で靴底を押さえないと、自分ではその光を見ることができない。

ダニエルは表門のところにいる。

今から芝居を観に行こうと思う、と彼は言った。屋外劇場だ。君も来るかい？

彼によるとそれは、文明と植民地と帝国主義をテーマにした芝居らしい。

ちょっと退屈そう、と彼女は言った。

私を信じてくれ、とダニエルは言った。

だから彼女は行った。たしかに退屈ではなかった。父と娘というテーマを扱った芝居で、本当によくできていた。芝居は同時に、公正と不公正というテーマも扱っていた。とある島で催眠術にかけられた登場人物たちは、島での主導権を競うように互いに策略を巡らせた。ある人物たちは奴隷となる運命で、また別の人物たちは解放されるさだめだった（シェイクスピア『テンペスト』のこと）。しかし大枠としては、魔法使いである父親が娘の未来を決めるという話だ。結局、娘の出番が少し足りない感じはあったものの、とてもよくできた芝居だった。最後に、年老いた父親が魔法のマントと杖を持たずに前に進み出て、たくさんの拍手をいただかないと段ボールで作った偽の島という芝居の世界から出られないと言って観客に拍手を求めたときには、エリサベスは泣きだしそうになっていた。もし拍手が足りなければ、本当にその男が一晩中、暗い屋外劇場に取り残されてしまうかのように。

それと同時に、ただ拍手をするだけで誰かを何かから解放できるというのはわくわくするような気分だった。

彼女はダニエルに光の点滅が見えるように前に立って、インラインスケートで滑りながら家まで帰った。

その夜、ベッドに入ると、自分の足の下を舗道があっという間に通り過ぎていく様子を思い出し、父とのどんな思い出よりも、今日踏んだ舗道のひび割れみたいなつまらないことの方をはっきりと覚えているのは奇妙なことだと感じた。

翌日、朝食のときに彼女は母に言った。

昨日はよく眠れなかった。

あらそう、と母は言った。なら、その分、今日はよく眠れるわ。

眠れなかったのには理由がある、とエリサベスは言った。

ふうん?と母は言った。

母は新聞を読んでいた。

私が眠れなかったのは、とエリサベスは言った。お父さんがどんな顔だったか、全然思い出せないって気付いたから。

へえ、それはいいことだわ、と母は新聞の向こう側から言った。

そしてページをめくり、隣のページと揃えて、また新聞を振るようにして形を整え、二人の間に壁を作り直した。

エリサベスはインラインスケートを履いて、靴紐を結び、ダニエルの家に行った。ダニエルは裏庭にいた。エリサベスはインラインスケートで小道をたどった。

やあ、とダニエルは言った。君か。何を読んでいるのかな？

昨日はよく眠れなかったの、と彼女は言った。

ちょっと待って、とダニエルは言った。その前に教えてほしい。何を読んでいるのかな？

『時計はとまらない』（フィリップ・プルマンが書いた子供向けの作品）、と彼女は言った。すごく面白い。昨日話したけど。

みんなで作り話をしていたら、それが現実になって、いろんなことが起きて、ひどい目に遭う。

覚えているよ、とダニエルは言った。歌を歌って、ひどいことを食い止めるんだったね。

うん、とエリサベスは言った。

人生もそれほど簡単だったらいいのにねえ、とダニエルは言った。

私もそう思う、とエリサベスは言った。昨日眠れなかったのもそうだけど。

その本のせいで眠れなかった？とダニエルは言った。

エリサベスは舗道のこと、足のこと、父の顔のことを話した。ダニエルは深刻な顔になった。

そして芝生の上に腰を下ろして、隣の地面をぽんぽんと叩いた。

忘れるのは悪いことじゃない、と彼は言った。それでいいんだよ。というか、時には忘れないといけないことだってある。忘れることも大事なんだ。わざと忘れる。そうすると、少し心が安まる。聞いてるかい？　私たちは忘れないといけない。そうしないと、二度と眠れなくなってしまう。

エリサベスは小さな子供のように泣き始めていた。突然の涙だった。

ダニエルはその背中に手を置いた。

私は何か思い出せないことがあって、それが悲しくなったときには。聞いてるかい？

うん、とエリサベスは泣きながら言った。

そんなときには、自分は今、その忘れてしまったことを肌にぴったりと抱き寄せているのだと考えることにしている。眠っている鳥を抱き締めるように。

どんな鳥？とエリサベスは言った。

野鳥、とダニエルは言った。種類は何でもいい。実際にその場面になったら分かるよ。それからどうするかと言うと、抱き締めたまま、あまり力を入れすぎないようにして、そっと眠らせておく。それでおしまい。

その後、彼は靴底にライトの付いたローラースケートは道路以外では光らないのは本当かと尋ねた。芝生の上だと靴底のライトが光らないというのは本当なのかな？

エリサベスは泣くのをやめた。

ローラースケートじゃなくて、インラインスケートっていうのよ、と彼女は言った。

インラインスケート、とダニエルは言った。なるほど。それで？

それに芝生の上では滑れない、と彼女は言った。

滑れない？とダニエルは言った。真実というのは時に人をがっかりさせるものだね。試してみないかい？

やっても無駄、と彼女は言った。

とにかく試してみない？と彼は言った。世間の人が思い込んでいることが間違いだと証明できるかもしれないよ。

オーケー、とエリサベスは言った。

そして立ち上がり、袖で顔をぬぐった。

第一部、人生によみがえる、とエリサベスは言う。飢餓と欠乏と無。ロンドン全体が海の嵐のただ中にあって、それはまだほんの始まりにすぎない。これから野蛮な時代がやって来る。目の回る時代が。

エリサベスは廊下で、コートをハンガーに掛けている。母は今、彼女を新しい友人のゾーイに紹介したところで、今日は『二都物語』をどこまで読んだのかと尋ねたところだった。

グルックさんって誰？と母の新しい友達のゾーイが言う。

グルックさんというのは何年も前に隣に住んでいた、楽しいゲイの老人、と母は言う。娘はその人のことが大好きで、向こうもこの子と仲良くしてくれた。エリサベスはすごく厄介な子供だったの。ほんとひどかったんだから。心が読みづらい子供だった。

グルックさんについて母さんが言ったことは間違ってる。私のことはその通りだったし、今も変わらない。でも、最後に私のことを言った部分は間違ってる、とエリサベスは言った。

ほらね、めんどくさい子でしょ？と母は言った。

私は読みづらい本が好き、とゾーイが言う。

そして親しげにエリサベスにほほ笑みかける。ゾーイはおそらく六十代。美人で、おしゃれもさりげない。今はどうやら、有名な精神分析家になっているらしい（エリサベスは初めてそう聞いたとき、昔から母さんは精神分析を受けた方がいいって思っていたけどやっと精神分析家と面談するようになったってわけね、と笑って言った）。昔、あのビデオの中で電話ボックスと踊っていた少女の面影がわずかに残っている。オーラのような面影がけばけばしい色彩で周囲に漂っている。年を取った方の彼女には、収穫の終わった木の上に一つだけ残されたリンゴのような温かみと輝きがあった。かたやエリサベスの母は精いっぱいの努力をして、村の高級な店で売っているような真新しいリネンの服を着て、化粧も整えていた。

じゃあ、昔からずっと仲良くしてきたわけ、とゾーイが言う。

実を言うと、途中、連絡しなかった時期があるの、と母は言う。でも、昔、近所に住んでいた人があたしたちの居所をネットで探して、老人が家を引き払ったことを教えてくれた。家にあった、バーバラ・ヘップワースの穴の開いた石なんかも売り払って――

ひな形《マケット》、とエリサベスは言う。

え、びっくり、とゾーイが言う。趣味のいい人ね。

――老人ホームに入ったって、と母が言う。それをたまたまエリサベスに話したってわけ。そのときまで娘があたしに会いに家に来たのは、驚かないでね、何と六年間でたった一回だった。で、電話で娘と話してるときに、あ、そういえば、グルックさんのことだけど、この近くにあるモルティングズ養護老人ホームに入ったらしいわって教えたの。そうしたら娘は、驚かないでね、この夏の間、毎週ここに来た。時には週に二回も。挙げ句に今度は、しばらくここで暮らすんですって。また娘と暮らせるのはうれしいけど。まあ、今のところは。

ありがとう、とエリサベスは言う。

それにあたしも最近ちょっと、老後のことを具体的に考えるようになった、と母は言う。今までに読んだことのないいろいろな本。『ミドルマーチ』『モビー・ディック』『戦争と平和』。まあ、グルックさんみたいに老後を生きられるとは思わないけど。だってあの人、今はもう百十歳なんだもの。

何歳ですって？とゾーイが言う。

母はいつも彼の年齢を完全に間違う。あの人はまだ百一歳よ、とエリサベスは言う。

ゾーイは首を横に振る。

まだ、と彼女は言う。びっくりね。七十五で充分。それ以上、長生きをしたらそれはボーナス。でも、今はそう言ってるけど、実際七十五歳になったら何て言うでしょうね？

グルックさんは夏の夜、よく裏庭にプロジェクターとスクリーンを設置して、昔の映画を娘に見せていた、と母は言う。あたしは裏の窓から覗いてた。空には星が出ていて、二人は四角い光の中に座ってた。あの頃はまだ夏があった。今みたいに変化のない季節じゃなくて、四季があった。それに、あの人が川に腕時計を投げ込んだときのことを覚えてるかしら——

川じゃなくて運河、とエリサベスは言う。

——これは時間動作研究（労働の生産能率増大を目的として、作業の遂行に必要な動作と時間を調査・分析すること）の一環だとか言って？と母は言う。

素敵な友情、とゾーイは言う。で、毎週お見舞いに行ってるの？　そして本の読み聞かせを？

私は彼を愛してるんです、とエリサベスは言う。

ゾーイはうなずく。

母はあきれた顔をする。

ほとんど昏睡状態なのよ、と母は声を抑えて言う。残念だけど。目覚めることは二度と。

昏睡状態じゃない、とエリサベスは言う。

そう言うとき、自分の声に怒りがこもっているのを彼女は感じる。だからいったん声を落ち着けてから、再び口を開く。

ただ眠っているだけ、と彼女は言う。眠る時間が長いだけ。昏睡とは違う。体を休めているの。家の片付けや何かで疲れたから。

彼女は母が新しい友人に向かって首を横に振るのを見る。

私なら時計は全部捨てちゃう、とゾーイは言う。運河でも川でも、いちばん近いところで。それか、人にあげる。今時、腕時計なんて持っていてもしょうがないから。

エリサベスはサンルームに行って、ソファーに横になる。彼女は夏の夜に映画を観たことを忘れていた。チャップリンがサーカスで助手として雇われて、奇術師のテーブルの、押してはいけないと言われていたボタンを押してしまって、隠されていた仕切りの中からアヒルやハトや子ブタが飛び出してくる映画。

それであたしは毎週、廊下にあった電話で必死にその番号にかけまくったわけ、と母はキッチンでしゃべっていた。〇一―八一一―八〇五五。今でも番号は覚えてる。てことは、いつも廊下にいたんだから、番組はほとんど観てなかったことになるんだけど。でも、いったん思い付いたら、面白いアイデア、最高のアイデアだと思い込んでどうにもならなかった。それから毎週、電話をかけ続けて、ある週にやっと電話がつながった。スタジオの裏に電話受付の女性がいて、子供が何と何を交換したがっているかを書き留めてるんだけど、その人があたしの電話に出て、『マルチカラー・スワップショップ』（英国ＢＢＣで放送された人気子供番組（一九七六―八二））っていう魔法の番組名を言ったわけ。だからあたし、ウェンディー・パーフィットですって名乗って、王国を馬と交換したいって言ったの。そうしたら、それが上位十個の一つとして画面に出た。ウェンディー・パーフィット、王国を提供、代わりに馬を求むって（シェイクスピア『リチャード三世』第五幕第四場に「馬だ、馬だ、馬と引き換えに王国をやるぞ」という有名な台詞がある）。

　私は司会のノエル・エドモンズに会ったことがある、と母の友達が言う。たった三十秒間だけど。スタッフルームで。とってもわくわくした。

　あたしたちの人生って、と母は言っていた。あたしの子供の頃は特にそうだけど。父の葬式が終わった夜、あたしの母は――たぶん他にどうしたらいいか分からなくて――テレビを点けて、母も含めてみんながその前に座って、『わが家は十一人』（米国制作のテレビ番組。大恐慌から第二次大戦にいたる時代を背景にした大家族のホームドラマ）を観た。まるでそうしていたら物事がいい方向に向かうかのように。まるで万事がいつもの状態に戻るかのように。

　あなたと同じように、私にとってもテレビの世界は謎めいていたし、わくわくするものだったし、心を慰めるものだった、と母の友人は言っていた。もちろん、私はその一部だったはずなんだけど。なのに今では、子役に対する虐待みたいなことはなかったですかって、みんなはそんなことばかり訊きたがる。誰かにいけないことをされませんでしたか？　そういう質問をする人は、ただ質問をしたいだけじゃなくて、ひどい答えを聞きたがってる、おかしなことがあったたって答えを望んでる、だから私が何もなかったって答えるとみんなが決まってがっかりする。テレビの仕事はとても楽しかったし、特に自分も女優として働いていると思うとうれしかったし、変わった衣装を着せられるのも楽しかった。家から仕事場まで送り迎えしてくれる車の後部座席ではタバコを吸うことも覚えた――でも、そんな話をすると、みんなびっくりして、それは子供時代の無垢に対する暴力だ、みたいな顔をするわけ。私はただ背伸びしたかっただけ。子供は誰だって背伸びしたがる、子供じゃないって思いたがるものなのに。

エリサベスは目を覚ます。そして椅子に座り直す。

外は暗くなり始めている。

彼女は携帯に目をやる。時刻は九時近い。

廊下の先から、低い声で会話が続いているのが聞こえる。二人は居間に移動したらしい。エリサベスは放っておいて、二人で夕食を済ませたに違いない。

二人は『金の小槌』の撮影中に訪れた店の、ある一つの部屋の話をしている。母はエリサベスにもその部屋のことを話していた。そこは大きな部屋で、中には古いシェリーグラスだけが数千個、いくつも重ねて置かれていたらしい。

歴史の中に足を踏み入れたみたいな感じじゃね、もろくて悲しいお話が無限に重なり合っている場所に入り込むみたい、とゾーイは言う。ちょっと爪先が当たったたら大惨事。足元に気を付けないと。昔のダイヤル式電話機も面白かった。

陶器製の犬も、と母が言う。

インク壺も（とゾーイ）。

刻印の入った銀のマッチ箱、錨《いかり》とライオンの検証印、バーミンガム、二十世紀初頭のもの（と母）。

あなたはああいうものが得意ね（とゾーイ）。

テレビをよく観てるから（と母）。

もっと外に出た方がいい（とゾーイ）。

バター攪拌機（と母）。壁取付式のコーヒーミル（とゾーイ）。プールの陶器。クラリス・クリフの模造品。日本製のブリキのロボット（もはやエリサベスには、どちらの声なのか分からない）。箱に入ったままだったペラムの操り人形は覚えてる？ 柱時計。戦時の勲章。刻印の入った水晶。たくさんのテーブル。タイル。デカンター。キャビネット。ミニチュア家具。鉢置き台。古い写真の本。楽譜。絵画。そして絵画。そして絵画。

国のあちこちで、過去から集められた品々が店や納屋や倉庫の棚に積まれ、展示用に重ねられ、展示台に載せられ、店の地下から階段沿いにあふれ、屋根裏部屋から階段沿いにこぼれていた。その様子はまるで、巨大な国家的オーケストラが弦に弓を当てたまま、音を出さず、静かに時節を待っているかのようだった――やがて店から人がいなくなり、扉に仕掛けられた警報器がセットされて、国中の店や納屋や倉庫に鍵が掛けられる時を。

そしてあたりが暗くなると、交響曲が始まる。ああ。ああ。美しいイメージだ。売られた物、捨てられた物の交響曲。かつてそうした物が使われていた生活の交響曲。価値と無価値の交響曲。クラリス・クリフの模造品はフルートのような音を奏でるだろう。茶色の家具は低いベースの音。染みの付いた古いアルバムの写真はトレーシングペーパーの間からささやくような声を出す。銀製の物は純粋な音。籐の家具はリード音。陶器は？　きっと今にも壊れそうな音を響かせるだろう。木製の物はテナー。そう、でも、本物は模造品と音が少しでも違うのだろうか？

女二人は笑い始める。

エリサベスはタバコの匂いを感じる。

違う。タバコではなく、マリファナだ。

彼女は再びソファーに横になり、二人の笑い声を聞く。二人は、『金の小槌』の中でおかしなタイミングで笑ったり、的外れなことを言ったりして何度も撮り直しになったことを思い出して笑っている。二人の話からすると、どうやら、母が頑固なせいで撮影はかなり大変だったらしい。母は撮影現場となる骨董品店のオーナーにまるで初対面みたいに——本当は一時間前に顔を合わせていて、既に五回も同じ場面を撮っているのに——挨拶するのを拒んだようだ。**また会いましたね！**と母は毎回言った。**カット！**と撮影チームは大声を上げた。

だってそんなの無理なんだもの、と母は言う。馬鹿みたいな嘘。とてもやってられないわ。

そうね。おかげで私はやる気が出た、と新しい友達は言う。

エリサベスはほほ笑む。面白い。

彼女は起き上がる。そしてキッチンに向かう。夕食はまだテーブルに広げられたまま、温められるのを待っている。

食事をする代わりに居間に行くと、部屋にはマリファナの煙が充満している。母の新しい友達のゾーイは長椅子に座り、母は新しい友人の膝に乗っている。二人は有名なロダンの彫像のように互いの体に腕を回し、ちょうどキスの最中だ。

ああ、とエリサベスは言う。

ゾーイは目を開く。

あら。見つかっちゃった、と彼女は言う。

エリサベスは母が必死に冷静さを装うと同時に、新しい友達の膝の上でバランスを取ろうとしているさまを見る。

エリサベスはマリファナの煙越しに、母の新しい友達に向かってウィンクをする。

母は十歳の頃からずっと、こうやってあなたに会うのを楽しみにしてたんです、とエリサベスは言う。夕食は私が作りましょうか？

十年以上前、天気のいい金曜日の夜だ。二〇〇四年の春。エリサベスはもうすぐ二十歳。この夜は外に出掛けたりせず、ポーリーン・ボティが出演しているはずの映画、『アルフィー』を観ていた。主役の女たらしはマイケル・ケイン。この映画は当時、アルフィー役のケインが性的な冒険についてカメラに向かって率直に語ったことで画期的とされていた。

物語の早い段階で、マイケル・ケインはよく晴れた一九六〇年代のロンドンの街を歩き、窓に〝お急ぎサービスは中で〟と書かれたクリーニング屋のガラス窓をノックして、中にいる若い女性の注意を惹く。

彼女だ。

女は振り返り、うれしそうな顔で彼を招き入れる。彼は中に入るとき、〝営業中〟の表示を裏返して〝閉店〟に変え、彼女の後を追って店の奥に入る。そして両腕で彼女を抱き、キスをしてから、洋服掛けの背後に回り、コメディー映画らしく三秒でことを済ませる。

間違いなくポーリーン・ボティだ。

映画は彼女が亡くなる前の年に撮影された。

彼女の名前はクレジットされていない。

私は楽しくささやかな人生を送っていたが、自分ではそれに気付いていなかった、と映画の中のマイケル・ケインがナレーションで言った。ドライクリーニング屋の女性店長とも付き合っていた。彼はクリーニング屋に入り、女と一緒に洋服掛けの向こう側に回って、数秒後に、おまけにスーツもクリーニングしてもらったと言いながら反対側から現れる。

エリサベスが彼女の生涯について調べた情報によると、この撮影が行われた頃にはボティは既に妊娠していたようだ。

彼女は明るい青色のセーターを着ている。髪は小麦色。

でも、論文にそれは書けない。〝彼女のおかげでこの場面は生き生きしている〟とは書けない。〝彼女は活気にあふれており、付き合ったら本当に楽しそうに見える〟とも、〝彼女は波のように周りにエネルギーを放っている〟とも書けない。次のような言い方にすればもっと論文にふさわしいだろうが、やはりそう書くわけにはいかない。〝彼女が映画に登場するのは二十秒足らずだが、これによって性的に解放された現代的な精神《エートス》に対する批判に女性の側から何か重要な要素が付け加えられている。それはまさしく、彼女が自身の芸術活動において行っていたのと同じことである〟。

くだらない。

エリサベスはまたボティ展のカタログを開き、ぱらぱらと目を通す。すると、そこここのページから派手な色があふれてくる。

かなり前から行方不明になっている絵のところで手が止まる。クリスティーン・キーラーが椅子に座っている絵だ。キーラーは二人の男と寝た。一人はロンドンのイギリス政府の陸軍大臣。もう一人はロシアの外交官。問題は大臣が議会で明らかな嘘をついたこと、そして、誰が強い力を持ち、誰が核兵器に関する情報を握っているのかということだった。ところが、少なくとも表向きには、事件は間もなく違った方向に向かい、誰がキーラーを所有しているのか、誰が彼女を操っているのか、それによって誰が得をし、誰が損をしたのかという話にすり替わってしまった。

ボティの絵『スキャンダル、六三年』は描かれたのと同じ年からずっと行方が分からなくなっていて、写真だけが残っていた。出来上がった作品では、デニッシュチェアーに座ったキーラーの周囲に抽象的な図柄がちりばめられていた――いくつかの図柄には比喩的な意味が込められているようで、左手には悲劇の仮面らしきもの、下の方にはオルガスムスに達しているような女性の姿が見て取れた。椅子に座ったキーラーの上には暗いバルコニーのようなものがあって、ボティはそこに四人の男の、肩から上を描いていたが、その様子はどことなく、町の城壁に並べられたさらし首のようにも見えた。二人は黒人、二人は白人。ボティ自身が制作途中の作品と一緒に写っている写真を見ると絵のサイズが分かるが、それはかなり大きくて、ボティの腰より上まである。その段階ではボティは、椅子に座ったキーラーの有名な写真を使っていなかった。後のバージョンでは、考えが変わったらしく、あの写真を使った。

エリサベスはレポート用紙の一枚に鉛筆でこう書いた。**このようなアートは事物の外見を別物に変えることによって、それを精査し、再評価を可能にする。画像《イメージ》の画像《イメージ》を用いることによって新たな客観性が得られて、オリジナルからの解放という視点から画像《イメージ》を見ることができるように**

なる。

くだらない論文口調。

彼女はボティが『スキャンダル、六三年』の隣に立っている写真を見た。そしてカタログを窓のそばまで持っていって、暮れかけた夕日の中で写真を調べた。

誰がこの絵の制作を依頼したか、誰も知らない。

この絵が今どこにあるか、誰も知らない。仮に今も絵が残されていて、どこかにあるとしても。

彼女は仮面——怪物みたいな悲劇の仮面——が絵の片隅にどのように描かれ、どのようにゆがめられているかを再び見直した。

エリサベスはこの絵について考え、論文を書くために、〝スキャンダル〟という名のスキャンダルについてあらゆる資料に目を通そうと努力した。ネットと図書館で見つかる資料はすべて読んだ。一九六〇年代の文化を論じた本も数冊。キーラーが書いた本を二冊。〝スキャンダル〟という名のスキャンダルに関するデニング報告書のコピーも。嘘に近い言葉はただそれを読むだけでも気分が悪くなるのだと、彼女はこのときまで知らなかった。それはまるで、そもそも同意もしていないのに痛いS&M装具を無理やりたくさん身に着けさせられて、革の仮面をかぶせられた状態で、『アルフィー』のように無邪気な映画を観せられているような感覚だった。

〝スキャンダル〟スキャンダルをめぐる本当の物語について考えるたびに、彼女の頭の中では、小さな細部が引っ掛かった。

間もなく女性と秘密情報に関わるスキャンダルに本人も巻き込まれることになるブラントとい

う美術史家が一九六三年、〝スキャンダル〟裁判の最中に、肖像画の展示会が開かれていたロンドンの画廊に姿を見せた。展示会はスティーブン・ウォードが開いたものだったが、ウォードはスキャンダルにおける悪役と見られ、ないしは、この騒ぎで貧乏くじを引かされて、直後に自殺とおぼしき死に方をした。彼は当時、貴族、王族、政治家など、金持ちや有名人の肖像をいくつも描いていた。そしてその多くが展示会に出されていた。ブラントは多額の金を注ぎ込んで、画廊に飾られていた絵をすべてその場で買い取った。

いくつかの本や雑誌記事によると、彼はどうやらそれらの絵を引き取った後、処分したらしい。では、どうやって処分したのか？ 大きな屋敷の暖炉で燃やしたのか？ 孤立した田舎の屋敷の裏庭で、石油をかけて燃やしたのか？

エリサベスが想像したのは、トラクターくらいの大きさの重機で刈り入れの終わったどこかの小麦畑に深い穴を掘っている光景だ。遺体を二つくらい埋められそうな深い穴。数人の作業員が周囲を取り囲み、一枚一枚肖像画を中に投げ込む。肖像画の共同墓地。山と積まれたＶＩＰ。

想像の中ではその後、作業員たちが屠《ほふ》ったばかりの馬か牛をトラックの荷台からパワーショベルのバケットに放り込む。ドライバーがパワーショベルのアームを動かし、馬か牛の死骸を穴の上に持っていってレバーを押すと、死骸が穴に落ちる。想像の中では、パワーショベルが絵と死骸の上に畑の土をかけて、穴を埋める。そしてパワーショベルのキャタピラが盛り上がった土をならし、作業員は服に付いた埃を払い、水のあるところまで戻った後、爪の中に入ったり、手に付いたりした土を洗い流す。

馬か牛は付け足しだ。エリサベスがもしも画家なら、腐敗という意味合いを加えるためにそんなふうに描いただろう。

彼女は時々、ボティの『スキャンダル、六三年』もその中にあったのではないかと想像する。上に落とされた死骸の重みで木製の画布台が折れる。ポケットにはボティのアトリエがある家の階段をブラントが上がってくる姿をエリサベスは想像する。ボティには札束が詰め込まれている。汚れが付いたままの手すりには決して触れようとしない。木でできた手すりにはいまだに戦前の、そして戦争の時代、戦後十年の汚れが積もっている。

でも、そんな想像を論文に書くことはできない。

それ見たことか。彼女はいつの間にか余白に落書きを始めている。渦巻き、波、螺旋。

彼女は実際に書いていた言葉を見返した。**このようなアートは事物の外見を別物に変えることによって、それを精査し、再評価を可能にする。**

彼女は笑った。

そして鉛筆を持って、先に付いている消しゴムで〝このよう〟を消し、新たな単語を書き加えたので、書き出しは次のようになった。

アートなアートは

「隣人についての作文」

私たちが引っ越してきた新しい家の隣には、私が今までに会った中でいちばん優雅な人が暮らしています。その人は年寄りではありません。私たちは宿題で隣の人にいろいろな質問をしなければなりませんが、母はそれを許してくれません。隣の人を煩わせてはいけないと言うのです。もしも本当に質問をするのではなく、質問したふりをすれば、『美女と野獣』のビデオと新しいビデオプレーヤーを買ってあげる、と母は言いました。正直言うと私は、ビデオやビデオプレーヤーを買ってもらうよりも、隣に新しい人が引っ越してきた気分はどんなものですかとか、誰が隣に住んでいても同じですかとか、いろいろな質問をしたいと思っています。私がお隣さんに尋ねたいのは次のような質問です。第一問。隣人がいるというのはどんな気分ですか？　第二問。隣の人から見たら自分が隣人だというのはどんな気分ですか？　第三問。年寄りのはずなのに年寄りでないというのはどんな気分ですか？　第四問。どうしてあなたの家には絵がたくさんあるんですか？　どうしてあなたの家にある絵はうちにあるような絵と違うんですか？　第五問。どうしてお宅の玄関の近くを通るといつも音楽が聞こえてくるんですか？

二〇一六年。翌朝、キッチンの棚に置かれた小さなテレビの電源は入っているが、音は絞られている。きっと一晩中、誰も見ていないのに電源が入ったまま、キッチンを明るくしたり、暗くしたりしていたのだろう。

目を覚ましたのは今のところエリサベスだけだ。彼女はコーヒーポットに水を入れてコンロにかけながら、テレビに映し出されたスーパーマーケットのコマーシャルの中で、別々に買い物をしていた二十歳過ぎの二人が同時にいきなり手に持っていた商品——パンと袋入りのパスタ——を落とすのを見る。二人はいつの間にか魔法のように互いに抱き合い、驚いたことに、ステップを知らないはずのワルツを踊っている。隣の通路では、両親が落としそうになった卵のパックを小さな子供が受け止める。そしてピラミッドのように積まれたチーズのそばでくるくると回る両親を子供が見つめる。鮮魚カウンターの前では、まるで上から何かが聞こえるみたいに老夫婦が天を仰ぐ。夫の方は何かの缶詰を眼鏡の前に近づけ、妻の方は歩行器のように買い物カートにしがみついている。二人は意味ありげな視線を交わす。それからカートにしがみついていた女が手を離し、信じられないほど軽やかな足取りで後ろに下がり、男は杖を床に放り出して、深々と妻に頭を下げ、昔風の優雅なワルツを踊りだす。

エリサベスはリモコンを取りに棚に駆け寄るが、音を聞くことができるのは最後の数秒だけだ。その場面では、卵を受け止めた子供がカメラに向かって肩をすくめる。最後に映し出されるのは、夏の日差しの中で外から撮影されたスーパーの姿。駐車場では人々が踊っている。そして温かい中年男の声がナレーションでこう締めくくる。**私たちは一年中、皆様の歌と踊りを作っています。**

母が起きてきたとき、エリサベスはスーパーのコマーシャルをノートパソコンで繰り返し見ている。

何か焦げ臭いけど?と彼女は言う。

そして窓を開け、コンロの周りを掃除して、焦げた雑巾を捨てる。

コマーシャルは、スーパーの駐車場にしんしんと雪が降り、屋根に雪を載せた車がたくさん停まっている場面から始まる。その後、歌と踊り。そして歌が終わると、外から見た夏のスーパー。

スーパーのコマーシャルにしてはずいぶん陰気くさい歌ね、と母は言う。でも、よく考えたら、あたしは最近、何を聞いても泣きたい気分になる。

ああ、どうかしら、とエリサベスは言う。母さんは元から涙もろいから。

たしかに。あたしはかなり前から涙もろさのキャリアを積んできた、と母は言って、パソコンを自分の方へ動かす。

母は昔からこんなに気の利いたことを言っていただろうか?　エリサベスが気付かなかっただけ?

マイク・レイとミルキー・ウェイズの歌、母が言う。

聞いたことないグループ名ね、とエリサベスが言う。

母がパソコンで調べる。

一発屋だって。一九六二年。「夏のお兄ちゃん《サマー・ブラザー》、秋の妹《オータム・シスター》」（作詞作曲グルック／クライン）。

一九六二年九月、チャート第十九位、と母は言う。驚いた。ひょっとしたらあなたが思っている通りかも。あのグルックさんが作った歌なのかもしれないわ。

一番：
夏なのに雪が降る／春なのに葉が落ちる／理屈抜き、季節抜き／時は過ぎ去り、すべてを奪った
コーラス：夏のお兄ちゃん《サマー・ブラザー》、秋の妹《オータム・シスター》／いつも正しくリズムを刻んで／穏やかな秋《メロー》、黄色《イエロー》の秋／韻を踏む理由をもう一度

二番：
秋にはあの子が見つかるさ／秋はあの子にキスをした。秋の霧／夏のお兄ちゃん《サマー・ブラザー》、秋の妹《オータム・シスター》／秋は去ったから夏はない
コーラス×1
夏のお兄ちゃん《サマー・ブラザー》、秋の妹《オータム・シスター》／何度も何度も失われ／季節はいつでも、あの子は見つかる／時間の落ち葉が降り積もる／僕がこの歌歌うたび

コーラス×2、アドリブを加えながらフェードアウト
（©作詞作曲グルック／クライン）

〝作詞家グルック〟〝グルック作詞〟〝作詞作曲グルック／クライン〟のどれをネットで調べても、この曲とスーパーのコマーシャルへのリンク以外にはほとんど何の情報もない。コマーシャルへのリンクならたくさんある。二万五千七百五人がこのコマーシャルをユーチューブで観ている。

今の曲、ひょっとしてミルキー・ウェイズ？と、母のバスローブを羽織ったゾーイがリビングルームに入って来ながら言う。何か焦げ臭いにおいがするけど？

彼女はコーラスの部分を口笛で吹きながらキッチンに入る。

エリサベスはネットのヒットチャートでその曲がどのあたりに入っているかを調べる。なかなかの人気だ。彼女はスーパーマーケットの本社の連絡先を検索エンジンで調べる。

ゾーイさん、あなたの名字を教えてもらえますか？と彼女は言う。

スペンサー＝バーンズだけど、とゾーイは言う。どうして？

エリサベスは自分の携帯で電話をかける。

もしもし、と彼女は言う。私はエリサベス・デマンドと申します。スペンサー＝バーンズ著作権管理事務所の者なのですが、そちらのマーケティング部門につないでいただけますでしょうか？　いいえ、それで構いません、留守番電話で結構です。どうも。（間。）　もしもし、私はス

ペンサー＝バーンズ著作権管理事務所のエリサベス・デマンドと申します。デ、マ、ン、ドです。今日は、私どものクライアントであるダニエル・グルック氏の代理でお電話させていただいております。御社が現在キャンペーンで使っておられる「夏のお兄ちゃん《サマー・ブラザー》、秋の妹《オータム・シスター》」は一九六二年にグルック氏がヒットさせた曲で、コマーシャルを放送するたびに氏の著作権が侵害されています。どうか諸般の事情をご賢察いただき、私どもの事務所の電話番号までご連絡ください。そして交渉の上、私どものクライアントであるグルック氏に対して法的な対価をお支払いいただきましたら、著作権侵害に関する問題は解決いたします。ひとまず御社内での話し合いの結果をお待ちいたしております。二十四時間以内にご連絡がいただけない場合には法的措置に訴えることといたします。なお何はともあれ、少なくとも問題が解決するまでの間は、コマーシャルの放映を中止なさることをお勧めいたします。どうも失礼いたしました。

彼女はメッセージの最後に自身の携帯番号を残した。

著作権侵害、と母は言う。ご賢察。対価。

エリサベスは肩をすくめる。

うまくいくと思う?と母が言う。

やってみる価値はある、とエリサベスが言う。向こうはきっと、作詞家はとうに死んでると思ってる。

他の関係者はどうなの?とゾーイが言う。マイク・レイは? ミルキー・ウェイズは?

私に関係があるのはダニエルだけ、とエリサベスが言う。つまり、グルックさんのことだけど。

娘さんはすごいパワーの持ち主ね、とゾーイが言う。

でしょ。でも、そのパワーの源もあなどれないわよ、と母が言う。

源って?とエリサベスが言う。

あたしのこと、と母が言う。

それはありえない《ザットル・ビー・ザ・デイ》、とエリサベスが言う。

それもまた懐かしい、いい歌（バディ・ホリーのヒット曲に「ザットル・ビー・ザ・デイ」というものがある）、とゾーイが言う。

そして口ずさみ始める。

何だか魔法にかけられちゃったみたい、と、ゾーイが部屋を出た後、母がエリサベスにささやく。

不自然、とエリサベスが言う。

この年になって恋に落ちるなんて思いもしなかったし、考えもしなかった、と母が言う。

不健康、とエリサベスが言う。駄目よ。いけません。

そう言って母をハグして、キスをする。

もう話は終わり、と母が言う。

この本は何?とゾーイが言う。

そう言いながら廊下を歩いてくる。

このアーティストは誰?と彼女は言う。すばらしい作品だわ。

彼女はキッチンテーブルの前に座って、ポーリーン・ボティの古いカタログを開き、『543

21』と題された絵画を見る。

うちの博識な娘が人々にすごいすごいって教えて回っている画家の一人、と母が言う。

一九六〇年代の芸術家です、とエリサベスが言う。イギリスでたった一人の女性ポップアーティスト。

へえ、とゾーイが言う。そんな人がいたなんて初耳。

いたんです、とエリサベスが言う。

ひょっとして虐待の被害者かな、とゾーイが言う。

そしてエリサベスに向かってウィンクする。エリサベスは笑う。

現代によくある女性差別の犠牲者です、と彼女は言う。

自殺したとか？とゾーイは言う。

いいえ、とエリサベスが言う。

じゃあ、頭がおかしくなった、とゾーイが言う。

いいえ。頭は正常のままで、時々、よくある鬱病に襲われたみたいです、とエリサベスが言う。

へえ。じゃあ、死に方も悲劇的だったんでしょうね、とゾーイが言う。

ええ、そういう解釈もできます、とエリサベスが言う。でも、私の好きな解釈は少し違います。

私たちが経験するような悲劇を宇宙まで吹き飛ばすだけのビジョンとスキルを持った自由な魂が地上に現れた。彼女の絵に秘められたエネルギーに目を向けると、あらゆるものが消し飛んでしまう。

あら、すごい、とゾーイが言う。とてもいい解釈ね。けど、彼女はきっと無視された芸術家だったんでしょう?

死後はそうです、とエリサベスが言う。

きっとこんな話だと思う、とゾーイが言う。無視された。失われた。何年も後になって再発見された。それからまた無視。失われた。また何年かしたら再発見。それから無視。失われた。また再発見。永遠にその繰り返し。違う?

エリサベスは声を上げて笑う。

まさか娘の授業を受けたことがあるんじゃないでしょうね?と母が言う。

じゃあ、どういう話なの、この女《ひと》の場合?とゾーイが言う。

彼女はカタログ表紙の内側に折り込まれている笑顔のボティ――まだ二十歳にもならない若いボティ――の写真を見ている。

彼女の話ですか?とエリサベスが言う。じゃあ、十分だけ、時間をもらえます?

一九六三年。秋。『スキャンダル、六三年』。昨日の夜まで、キーラーがここでいちばん目立っていた。上のバルコニーにいる仲間に加わる形で、キャンバスの中心、ウォードとプロヒューモの間で釣り合いを取っていた。昨日の夜までは、キャンバスのあちこちにクリスティーン・キーラーの似姿があった。一つはクリスティーンの歩く姿、下端には裸でキュートに笑う姿、ハンドバッグを振りながら歩く中央のクリスティーンの足元にはエクスタシーに達した姿。でも昨晩、エスタブリッシュメント（クラブの名前。この上階にルイス・モーリーの部屋があった）に写真家のルイス・モーリーがいた。ルイスはバーにいた。

ルイスがマスコミ向けに撮った写真はスペイン風邪のように一気に広まっていた。一種の聖像《アイコン》として。彼はポーリーンが制作中の作品を見て、実際に写真に収めていた。彼はアトリエで、ポーリーンが片手に『スキャンダル、六三年』を、反対の手に『５４３２１』を持つ姿を写していた。二つの絵は一種のセットだった。彼はポーリーンがクラブに入って来るのを見て、うちに来てキーラーの写真を見るかい？と尋ねた。するとポーリーンは言った。何が言いたいのかよく分からないわ、私は結婚してるのよ、でも、うん、見せて。こうして二人はクラブの上にある彼の部屋に行った。彼はポーリーンとクライブに虫眼鏡を渡して写真を見せ、彼女はオリジナル——

元の画像《イメージ》――をすぐそばで観察した。両腕を曲げ、拳に顎を置いたキーラー。すばらしい写真だった。

その後、彼女はべた焼きに現像されたもう一枚の写真に気が付いた。それはほぼ同じ構図で、少しだけ違うものだった。

そこで彼女は言った。これを引き伸ばしてもらえない？

いい写真だった。少しわが身を守るようなポーズで、セクシーさはあまり感じられなかった。腕は片方が隠れていた。キーラーが思索にふけるときの雰囲気が出ていた。

何かを考えるキーラーを描くことにしよう、と彼女は思った。考える人、キーラー。

彼女はその次に、キーラーの脚に残るあざを指差した。拡大するとそれははっきり見えた。

何てこと、と彼女は言った。

公開された写真では、あざは見えない、とルイスは言った。新聞の印刷は粒子が粗いから。

そういうわけで今、彼女は絵を描き直していた。絵は断言ではなく、疑問で満たされることになるだろう。それは誰もが知っているつもりになっている画像《イメージ》そっくりだろうが、同時に違うものになる。だまし絵のキーラー。そして最初は気が付かない人も――そのポーズを当たり前のように見ている人でさえ――無意識のうちに、何とははっきり分からないけれども、思いがけないもの、記憶とは異なるものに気付くだろう。

画像《イメージ》と現実《ライフ》。そう、彼女も慣れっこになっていた。現実のポーリーンと画像《イメージ》としての彼女。毛皮の襟巻を身に着けて、カメラにウィンク。そうするのは楽しかった。自信満々。自信喪失。大学の演劇祭ではマリリン・モンローに扮して、「アイ・ウォナ・ビー・ラブド・バイ・ユー」を歌って踊った。ドリス・デイに扮して、「エブリ・ボディ・ラブズ・マイ・ボディ」（「エブリボディ・ラブズ・マイ・ベイビー」（みんなが私のベイビーを愛している）」をもじった替え歌で、「すべての体が私の体を愛している」の意）。「パパはワンワン買ってくれない」という子供の歌を大人の声で歌い、「でも私はちっちゃな猫を持ってる」と続けた（猫《キャット》が女性器《カント》の意味だと伝わるようなしぐさをしたところで観客が息をのむ）。「ダイヤモンドは女の親友」に合わせて、「私の腋はワクワクの腋」と歌った（普段は人が口に出すことのない〝腋〟という言葉を聞いて、また観客が息をのむ）。王立美術大学では女子学生はとても珍しいので、他の学生にじろじろ見られた。校舎も、設計段階では女子トイレがなかったようなところだ。彼女が廊下を歩いていると、**あの女、本当にプルーストを読んだことがあるらしいぜ**というささやき声が聞こえた。彼女はその男子学生の肩に腕を回して、その噂は本当よ、と言った。プルーストだけじゃなくて、ジュネも、ボーボワールも、ランボーも、コレットも、フランス文学は男の作家も女の作家も読んだ、あ、それからガートルード・スタインも。あなた、女と、そのやさしい釦《ボタン》のこと知らない？

遠からず、核爆弾が落とされる。私たちの人生はあと数年しか残されていないのかも。

ある男子学生が彼女に尋ねた。**どうして君はいつも、真っ赤な口紅をそんなふうにたっぷり塗ってるんだ？**　いつでもあなたにこうやってキスできるようによ、と彼女は言って椅子から飛び上がり、逃げる彼を追いかけた。男子学生は本当におびえてキャンパスから飛び出し、芝生を横切って、歩道を走り、通りかかったバスの後ろに飛び乗ったが、彼女はそれを見ながら、腹を抱えて笑っていた。ある男――かなり年配の、とてもやさしい男性――が四つん這いで床に口づけをしながらやってきて、同じように彼女を大笑いさせたこともあった。彼女のアパートに遊びに来ていたその作詞家を、彼女はふざけて〝ガーシュウィン〟と呼んだ。彼は帽子をかぶったベルモンドの絵を見ながら、**この人は誰？** と彼女に訊いた。映画スター、フランス人、と彼女は言った。この絵を見てたら心臓と女性器《カント》がうずくでしょ？ すると哀れな老ガーシュウィンはあらゆる末端まで真っ赤になった。耳の先、つま先、あらゆる部分の先まで。年が違うのだから、本人にはどうしようもない。別の時代の人間だ。〝今〟の人とされている連中だって、実際には〝昔〟の人間だ。〝ガーシュウィン〟は先日、アトリエに来て、『54321』を見て、**何て書いてあるのかな？** と言いながら、読み上げた。**〝いい加減にしや〟**（英語原文では「お願いだから（for a fuck's sake）」に相当する表現が卑猥な語の途中（for a fu-）で途切れている）。**なるほど。うん。そうか。実にこれは、うん、シェイクスピア的な表現だね。**ねえ、あなたがガーシュウィンなら、私はウィンブルドンのバルドーよ、と彼女は言った。分かる？ **なるほど、うん、**と彼は言った。**大詩人《バード》（シェイクスピアのこと）、バルドーか。うまいしゃれだね。**

彼は彼女を大好きになった。

ああ、でも。

どうしようもない。

もしも画廊にある絵が単なる絵でなく、実際に生きていたとしたらどうだろう。

もしも私たちではなく、時間が宙吊りになるとしたらどうだろう。

正直に言うと、彼女は時々自分が何をしようとしているのか分からなくなることがあった。私はただ生きようとしているだけだ、と彼女は思った。

十六歳のときには指導教員の言葉で自信を失った。ステンドグラスは教会だけのものじゃない。どこに使ってもいい。神聖なものだけでなく、何に使ってもいいんだ。『世界でたった一人のブロンド女』の隅に色を塗らず、まるでそこだけ絵がはがれたみたいに処理したときには自信満々だった。見ている人が絵を引きはがし、それがただの画像《イメージ》だと確かめられそうな、だまし絵。『お熱いのがお好き』のセクシーなマリリンがまばゆい姿で、抽象図形の中を歩いている。女のオルガスムスを絵にすることは可能か？ それはまさにマリリン・モンローに象徴されていた。それはカラフルな丸で表されていた。キュート、キュート。すべては刺激的だった。テレビは刺激的。ラジオは刺激的。ロンドンは刺激的。世界中から刺激的な人が集まる街。劇場は刺激的。空っぽの屋外市は刺激的。タバコの箱は刺激的。牛乳瓶のふたは刺激的。ギリシアは刺激的。ローマは刺激的。男物のシャツをパジャマ代わりにして安宿のシャワー室にいる、頭のいい女は刺激的。パリは刺激的（パリでは私は一人になれる！ どこへ行っても人に追いかけられたり、コーヒーに誘われたりするけど、それを除けばパリは最高。パリにある絵のすごさは言葉ではとても伝えられない）。自信満々。あらゆるものが芸術になりうる。ビール缶は新しいタイプの大衆アート。映画スターは新しい神話。〝現在〟に対する郷愁《ノスタルジア》。彼女がアートの一部としてポーズをとった場合は、写真家たちはそこから作品だけを切り取ることはできなかったが、それも彼女にとっては刺激的だった。

（外れ。

大外れ。

人々は彼女の体に添ってはさみを入れて、当然、外側のアート部分を取り除き、胸と太ももの部分だけを残すようなことをした。）

絵筆もフレームの中に入れてくれる、マイク？

彼女は肖像画に描かれたセリア・バートウェル（英国のテキスタイルデザイナーでボティの絵のモデルにもなった）をできるだけ真似て、帽子、シャツ、下着を身に着けていた。ただし、写真の中に必ず自分と絵の両方を入れてもらえるよう、ジーンズは脱いだ。でも、ルイスとマイケルは気のいい男たちで、彼女は二人のことが大好きだった。二人は彼女が撮影に口出しするのを許したし、おおよそ、その指示にも従った。ヌードもオーケー。私は裸が好き。ていうか、正直言うと、誰でもそうじゃないの？　私は人間。私は頭のいい裸体。知的な身体。私は体を持った知性。アートはヌードであふれてるし、私は考える裸体、えり好みする裸体。私は裸体としてのアーティスト。私はアーティストとしての裸体。

喜びに満ちあふれた女を理解しない男は多い。女が描いた、喜びにあふれる絵を理解しない男はさらに多い。本当はここに描かれたものはすべて、性と結び付いている。ほら、バナナ、噴水、あの大きな口、手、ね、全部、男根の象徴。**まあ、いずれにせよ、**と男たちは言う。**俺は男だ。女として生きるより、男として生きる方がずっといいのは間違いない。**

彼女はビルの側面に鮮やかな黄色のビラが貼り付けられているのを見た。そこにはカラフルな文字で「狂人の小屋」と書かれていた。その下にはもっと大きな青い文字で、「ブリジットのビキニ」。さらに消えかけの黒い文字で小さく、「どうぞ入ってご覧ください」、そしてその右側に大きな赤い文字で「さかりのついた子猫」。マイク、私がビラを見ているところを写真に撮って、と彼女は言った。彼女は単にビラを見に来たみたいに、ビルの横に回った。彼女はまさにそういう人間だった。世界を読み解く少女。

でも、愛はとても大事だった。別に、ロマンティックな愛のことを言っているわけではない。もっと一般的な意味での愛。楽しむことがとても大事だった。生き方が多様なように、セックスも多様でありうる。情熱はいつも、ユーモアに欠けるものに感じられた。彼女にとって情熱的な瞬間というのは例えば——

私は昔、兄と向かい合って座っているとき、兄に対する愛が自然にあふれてきて、まるで自分が兄のために作られたんじゃないかと思ったことがあります。

この素敵な感情（これは彼女が、本のためにインタビューしていた人に語った言葉だ）は三十分ほど続いた。しかし彼女が夫と結婚したのは、彼が女性を好きだという理由だった。彼は女が物ではないこと、得体のしれない存在ではないことを知っていた。私を知的に受け入れてくれたんです。それは男の人にはなかなかできないことです。

自信満々。自信喪失。彼女の母親は夫が作った英国風庭園で薔薇の枝を切っていた。母はドレスを作り、食事を作った。母はジェームズ・ブラウンが現れるずっと前に、カーショルトンの庭で刈り込みばさみを手に、〝ここは男の世界〟と言いながら、夫に気付かれないよう、シェリー酒の瓶からラベルをはがした。母ベロニカはスレード美術学校への進学を父親に禁じられて、結局、それを悔やみながら庭の手入れをすることになった。そしてポーリーンの父親を説得して、娘をウィンブルドン美術学校に進学させた。母は娘を連れてクイーン・エリザベス二世号でアメリカに旅行した。母は（父親が留守のときに）マリア・カラスを大音量で聞き（父親がいないキッチンで）ラジオのニュースに向かって大声を出した。母はポーリーンが十一歳のときに病気になって、果てしなくレントゲンを撮られた。母は死ぬ運命だった。家族は混乱した。混乱は悪いものではなかった。気持ちが沈んだことを除けば。いや、それは子供たちの教育に大きな影響を及ぼした。母は片方の肺を失ったが、ある意味、大丈夫だった。彼女は新聞を切り抜いてスクラップブックを作っていた。「ポーリーンのポップアート」。「私自身の作品」（これはポーリーンがロンドン労働党、労働組合会議本部に抽象画を掛けたときの見出しだ）。**女優は往々にして頭が悪い。画家は往々にして髭をもじゃもじゃに伸ばしている。ではここで想像していただきたい。頭のいい女優で絵も描き、しかも髪はブロンド。**

想像していただきたい。

彼女の父は厳格だった。父は反対した。父は強い懸念を抱いていた。いい父親？　ある意味では？　私は何も言わないことにしています。じゃないと父が怒るでしょうから。ベルギー人とペルシャ人のハーフ。お堅いイギリス人。ヒマラヤ山脈もハロゲートも見てきた彼が選んだのは会計士の職だった。父の父親は海賊に殺されていた（本当に）。父の母親の一家はユーフラテス川の岸で船を作っていた。だから父はノーフォークのザ・ブローズ国立公園に船を持っていた。彼にとってはクリケットのルールと正しい紅茶の淹れ方が人生を測るものさしだった。

私が大学を卒業した後に仕事をすることを、父は望んでいませんでした。

父娘《おやこ》げんかは激しかった。しかもしばしば朝食の前。父とけんかするには最悪のタイミングだ。兄たちはひるみ、首を横に振った。兄たち、男のきょうだいも父とけんかしていた。時にはもっとひどいけんかを。美術学校に行きたいと言った兄も、父が会計士にさせた。彼女は結局、美術学校に進んだ。アーティストはまっとうな仕事ではないので、女の子ならまだ許せる、ということだったのかもしれない。

でも、その兄たちときたら。特に彼女が幼かった頃。〝黙れ、女のくせに〟。だから、昔は男の子になりたかった。その頃は股間の皮をつまんで引っ張ることまでしていた――長く伸ばすために。なんとなく、女性器《カント》は醜いと思っていた。今は違う。自由で気楽。

おかげで今の私がある。

理想の女。忠実な奴隷みたいな存在。文句も言わず、給料ももらわずに仕事をこなす奴隷。話しかけられたときにだけ口を利く、陽気で気のいいやつ。でも革命が近づいている。イギリス各地で女の子たちが立ち上がり始めた。男が脅威を感じれば、それで何かが変わる。彼女はその後、間もなく、ラジオでそう発言する。

ある日、ある建物の外で学生の集団が抗議活動を行っていた。ＢＢＣの取材班がマイクを持ってそこに近づき、美人の学生を選んで話を聞こうとした。その女はダッフルコートを着て、建物の前の歩道に薔薇の花びらをまいていた。

あなたみたいな美人がこんなところで何をしているんですか？

彼女は答えた。このビルはまさにゴミです。だから私たちは抗議をしてる。美しい建築の死を悼んでいるんです。

　でも、このビルの内部はすごく効率的に設計されていると聞いています。

　私たちがいるのは建物の外ですよ。

　自信満々。自信喪失。気分が振り子のように揺れる。扱いやすい女の子ではない。今日は会いに来ないで。さようなら《グッバイ》、残酷な世界《クルエル・ワールド》、私はサーカスに加わります。あれはジェイムズ・ダレンの曲だった。彼女と彼女を取り巻く三人の男の生活、仕事、日常を追ったドキュメンタリーで、ケン・ラッセルはそれを挿入歌に使った。彼女は代わりに夢をテレビドキュメンタリーにした。実際に何度も見ていた夢だ（彼女の卒論は夢を扱っていた）。そしてケンのテレビドキュメンタリーが放映された後は、あらゆる夢の仕事が舞い込んだ。女優としての仕事。一九六三年、夢の年。奇跡の肛門《アヌス》（ラテン語の定型句「奇跡の年（アンヌス・ミラビリス）」のもじり）、ハハハ。その頃、彼女が経験したことは、一九三八年三月六日生まれ——没年がいつであれ——の人の生涯を年表にしたとき、特に傑出して見えるだろうと彼女は思った。グラボウスキーギャラリーでの個展、ラジオの仕事、クライブとの結婚、音楽番組『レディ・ステディ・ゴー』にはダンサーとして、ロイヤルコート劇場には女優として出演（でも女優業は一時的なもの、一種の便乗商法。本業は絵画だ）。

　そして、その先の未来。

三十代はずっと、三十九歳まで充実していそうだ。

四十と五十の間は地獄だろう。

彼女は絶対に柔軟性は失いたくないと思っていた。決してお堅い人間にはなりたくなかった。

（彼女は死の間際までスケッチと絵画を続けた。特に、バンド仲間のスケッチを。「ナインティーンス・ナーバス・ブレイクダウン」。「黒く塗れ《ペイント・イット・ブラック》」。赤ん坊はベッドの足元のベビーベッドで眠っていた。彼女の死後、絵はどうなったか？ 消えた。行方不明。行方不明でないものは、父の家の天井裏、そして兄の農場の物置小屋で三十年間沈黙することになる。絵は間一髪で救われた。三十年後に作品を探すことになった作家兼鑑定家は物置で絵を見つけたときどうしたか？ 彼はそのとき泣き崩れたのだった。）

彼女の名字ボティ（Boty）の真ん中には薔薇の花輪があった。Oの周囲は花綱で編まれていた。テーブルは、人魚の彫刻が支えていた。

いつもお金はなかった。

部屋にはパイプベッドと石油コンロがあった。

大家が彼女と寝たいと思ってドアをノックしに来たときには、頭がおかしいふりをしなければならなかった。

寒い日には部屋の中でコートを着た。

でもそれは人生ではなかった。

人生？ それは人が必死につかもうとするもの。少しだけ離れたところにある目標物としての強烈な幸福。絵画？ それはたった一人で、ただ実行するもの。キャンバスの前に座れば、あとは恐ろしい戦いがあるだけ。作品はかわいいが、戦いは本当に、恐ろしく孤独。

実際に何かが起こる前の瞬間を取り上げるのがアート。それが恐ろしいものになるか、楽しいものになるかは分からない。事実、ここですごいことが起きているのに、周囲では誰もそれに気づいていない。

彼女は貼った。切った。描いた。そして集中した。

夢の中では、過去の頬を叩いた。

彼女は十六歳のとき、友達のベリルに、私はアーティストになると言った。

女の子はアーティストになんかなれない、とベリルは言った。

私はなる。ちゃんとしたアーティストに。私は画家になりたいの。

また別の日。天気、時刻、ニュース。イギリス中、世界中でいろいろなことが起きている。エリサベスは外に出て、村の中を散歩する。あたりにはほとんど誰もいない。庭木を切っている人々は彼女を見て、顔をしかめるか、無視をする。

彼女は狭い舗道の片側に寄って、反対から来た老婦人に挨拶をする。

老婦人は会釈はするが、ほほ笑むことはなく、尊大な態度で通り過ぎる。

彼女はスプレー塗料で落書きされていた家の前まで来る。中に住んでいた人はよそへ引っ越したか、あるいは、家の正面を鮮やかなシーサイドブルーに塗り替えている。まるで何事もなかったかのようだ――しかしよく見れば、青の層の下に〝家《ホーム》〟という単語の輪郭が見て取れる。

母の家の前まで戻ると、玄関が大きく開け放たれている。母の友達のゾーイが、慌てた様子で中から出て来て、エリサベスにぶつかりそうになる。そして勢いのままエリサベスを両腕で抱くみたいにしてスコットランドのフォークダンスのようなステップを踏んでから、後ろに下がる。

お母さんが何をやったか当ててみなさい、絶対に無理だから、とゾーイが言う。

彼女は笑いが止まらない様子で、それにつられてエリサベスも笑う。

何と逮捕されたのよ。あのフェンスに気圧計を投げつけたの、とゾーイは言う。

え、何?とエリサベスは言う。

ええとね、とゾーイが言う。気圧を測る道具のことよ。

気圧計なら知ってる、とエリサベスは言う。

私たちは二人で隣の村に行ったの、骨董屋、知ってる? お母さんは骨董品に関する知識を私に見せたかったみたい。そこで見かけた気圧計が気に入って、値段も悪くなかったから買ったわけ。それで、帰りの車の中でラジオを聞いてたら、イギリスの新しい政府が、難民の子供を収容する施設の予算をカットするっていう話が出た。今後は、子供も大人と一緒に、すごい警備の施設に入れられるって言ってた。それを聞いてお母さんはブチ切れ。ああいうところは刑務所よりひどいって叫びだした。みんなが監視されて、窓には鉄格子がはまってて、誰が入るにしても許せない。子供を入れるなんてとんでもないって。次のラジオニュースは難民省を廃止する話。そしたらお母さんは私に車を停めるように言った。彼女、ドアを開けっ放しにしたまま走りだしたの。だから私も外に出て、車に鍵を掛けて後を追った。見つけたときには、ていうか、姿が見える前に声が聞こえたんだけど、フェンスの前に停められた車の中にいる男たちに向かって大声を上げてた。厳密に言うと、フェンスは二重。お母さんは最初、男たちに向かって気圧計を振り回してたんだけど、いきなり気圧計をフェンスに投げつけたわけ! そしたらバチバチってすごい音がして、ピカッと光って、男たちは大慌て。フェンスがショートしちゃったんだから。私も思わず叫んじゃった。やっちゃえ、ウェンディー! その意気よ!って。

ゾーイはエリサベスに、母は一時間勾留されて、警告を受けた上で釈放され、今はすぐ先の交差点にある骨董品屋で、新たにフェンスに投げつけるものを品定めしているところだ、と説明した。母は今後毎日、(ここからゾーイはエリサベスの母の口調を完璧に真似て)〝今より優しい時代、今より博愛的だった時代の品々、人々の歴史が詰まった品をフェンスに投げつけてやる〟、そして何度でも逮捕されるつもりらしい。

私はお母さんに言われて、車を取りに帰ったところ、とゾーイが言う。今から車にがらくたのミサイルをたくさん積み込むの。あ、大事な話を忘れるところだったわ。家の固定電話で、あなたに連絡があった。十分前。

誰から?とエリサベスは言う。

病院。いえ、病院じゃなくて、老人ホーム。養護老人ホーム。

母の友達の前でエリサベスの表情が変わる。だから、彼女はすぐに、ふざけた口調をやめる。

あなたに伝えてほしいって言われたわ、と彼女は言う。おじいちゃんがあなたに会いたがってるって。

今回、受付の女性は顔を上げることさえしない。彼女のiPadにはドラマ『ゲーム・オブ・スローンズ』が映し出されていて、ちょうど誰かの首に鉄環がはめられる場面だ。

しかしそのとき、受付の女性が画面から目を逸らさずに言う。おじいさんは今日、お昼をたっぷり召し上がりましたよ。およそ三人前。お年寄りってすごいですね。目を覚ましたことを聞いたらお孫さんは喜びますよって話したら、会いたがってることをぜひ孫娘に伝えてくれって言われたんです。

エリサベスは廊下を進み、扉の前まで行って、中を覗く。

彼はまた眠っている。

彼女は廊下の椅子を部屋に持ち込む。そしてベッドの脇に置き、腰を下ろして、『二都物語』を取り出す。

彼女は目を閉じる。そして再び目を開けたときには、彼の目が開いている。彼は真っ直ぐに彼女を見つめている。

また会いましたね、グルックさん、と彼女は言う。

ああ、こんにちは、と彼は言う。やっぱり君だったね。よかった。また会えてうれしいよ。何を読んでいるのかな？

再び十一月。秋というより冬。あたりに漂っているのは霞ではない。霧だ。

セイヨウカジカエデの種が風に飛ばされて、ガラスに当たる。その様子はまるで――いや、それは他の何にも似ていない。窓ガラスに当たるカエデの種に似ているだけだ。

二日ほど、風の強い夜が続いた。濡れた落ち葉が地面に張り付いている。舗道に落ちた葉は黄色く、腐蝕している。弱った木と落ち葉の世界（ホプキンズ（一八四四―八九）の詩「春と秋」の一節）。一枚の葉はあまりにしっかりと舗道に張り付いたせいで、やがて剝がれたときにも葉の形がそこに残されて、次の春まで葉の影を見ることができる。

庭の椅子やテーブルは錆び始めている。家の人が冬に備えて屋内に取り込むのを忘れてしまったのだ。

木々は裸になっている。空気は今にも火が点きそう。あらゆる魂がそこら中で略奪を行っている。しかし、薔薇がある。まだ薔薇が残っている。湿気と冷気の中、もう枯れたように見える灌木に、まだ薔薇が花開いている。

見よ、その色を。

謝辞

ポーリーン・ボティについて文章を記したすべての人に深く感謝する——中でも、スー・テイトの『ポーリーン・ボティ：女性ポップアーティスト』（二〇一三）と、スー・ワトリングの名で、デビッド・アラン・メラーとの共著として発表した『ポーリーン・ボティ：世界でたった一人のブロンド』（一九九八）に。そして後に『女性たちとの対談』（一九六五）という単行本でより長いバージョンが出版された、『ヴォーグ（英国版）』一九六四年九月号掲載の、ネル・ダンによるボティのインタビュー記事にも。本作で簡単に取り上げたクリスティーン・キーラーに関する挿話は、クリスティーン・キーラー、サンディー・フォークス共著の『大事な話……』（一九八三）、クリスティーン・キーラー、ダグラス・トンプソン共著『秘密と嘘』（二〇一二）に書かれている。一九六三年のスティーブン・ウォードの裁判に関するシビル・ベッドフォードの未刊行の原稿『私たちにできる最悪のこと：スティーブン・ウォード裁判の記録』を読むことができたのは幸運だった。裁判の詳細の一部（法廷記録はまだパブリックドメインに公開されていない）は本作でも使わせてもらった。

ありがとう、サイモン、アンナ、ハーマイオニー、レスリー・B、レスリー・L、エリー、セーラ、ハミッシュ・ハミルトン社の皆さん。

ありがとう、アンドリュー、トレーシー、ワイリー・エージェンシー社の皆さん。

ありがとう、ブリジット・スミス、ケイト・トムソン、ニール・マクファーソンとレイチェル・ギャティス。

ありがとう、ザンドラ。ありがとう、メアリー。

ありがとう、ジャッキー。

ありがとう、セーラ。

訳者あとがき

アリ・スミスは一九六二年生まれのスコットランドの作家で、若い頃からやや実験的な作風で知られている。本作の前に発表された長篇の『両方になる』(原著は二〇一四年、邦訳は二〇一八年の刊行)は数々の重要な賞を受賞した。スミスは時に「スコットランドのノーベル文学賞最有力候補」と呼ばれることもあり、タイムズ文芸付録による二〇一八年のアンケート「最も優れた存命のイギリス・アイルランドの小説家」で一位に輝いたりするなど、文壇での評価は非常に高い。二〇一五年からは、イギリスの入国管理局によって不当に長期勾留されている難民を支援する活動に主導的に関わり、彼らから聞き取った話を『難民の物語(Refugee Tales)』として刊行するプロジェクトにも参加している。

アリ・スミスの近年の作品はどれも、たくさんの印象的場面のスケッチから成り立っているので、物語の劇的な展開を求める読者にとっては、何か大事な筋を自分だけが見落としているように感じられるかもしれない。しかし、「大きな物語」が死んだ現代を真正面から描く彼女の作品の魅力は、日常的な風景を見事に切り取る言語的手腕にある。その点では、小説と随筆のハイブリッドのような散文を書いたW・G・ゼーバルト、自伝的な色合いの濃い小説〝オートフィクション〟を書いているテジュ・コールやベン・ラーナーがそれぞれに新たな小説の文体を模索しているのと同様に、現在の世界を映す文体を独自の方向で模索していると言えるだろう。

小説『秋』の主な舞台となっているのは、二〇一六年のイギリス。イギリスが欧州連合（EU）から離脱するかどうかを決める国民投票が行われたのが、まさにこの年の六月二十三日のことだった。つまり、二〇一六年はイギリスが決定的に分断された年だった（奇しくも同じ年に、アメリカ合衆国では大統領選挙が行われ、ドナルド・トランプが第四十五代大統領に就任することが決まり、アメリカもイギリスと似た意味で分断された）。この作品は、国民投票の結果に衝撃を受けた作家が猛烈な勢いで仕上げて同じ年に出版した「最初のポストEU離脱《ブレグジット》小説」としても話題になり、翌年のブッカー賞の最終候補にも残った。

本作は、百一歳になる非常に高齢の老人ダニエル（元作詞家）がどこかの浜に打ち上げられる夢を見ている場面から始まる。そして老人ホームのベッドでほとんどずっと眠っているダニエルのいくつかの夢と回想が語られる一方で、老人とずっと仲のよかった女性エリサベス（ダニエルとはおよそ七十歳違いで、三十二歳の大学非常勤講師）の周囲で起こる現在の出来事や、エリサベスとダニエルとの過去の交流が描かれる。

さて、このダニエルは作品の結末までに目を覚ますのか、覚ましたとしたらそこで何を言うのか、あるいは目を覚ますことなく息を引き取るのか、といったあたりが、かろうじて物語のあらすじと呼べるものかもしれない。だが、そうした展開ははっきり言ってほとんど問題ではない。

たちだ。

私たち読者の目を惹くのはこの二人を（夢や現実の中で）取り巻くいくつもの印象的エピソード

郵便局などの受付で番号札を手に果てしなく待たされる経験は、日本で生活をする私たちの多くも共有しているだろう。嘘にまみれた政治家の言葉、分断された世論も私たちの身近にある。私たちの周囲にあるそうした風景に潜む本質的なゆがみの一つ一つを常に鋭い目で見抜き、楽しく軽い口調で語るアリ・スミスの力量には、ただただ驚くほかない。そして、これは『両方になる』の訳者あとがきにも書いたことだが、アリ・スミス作品が持つ効能――「読むと元気が出る」「心が軽くなる」――を読者には味わっていただきたい。

ダニエルがまだ幼いエリサベスに語る哲学的、芸術的、文学的な言葉の一つ一つも奥が深く、その影響でエリサベスが研究することになった女性ポップアーティストのポーリーン・ボティの作品や生涯も魅力的だ。ボティは本書の中でも説明されるように、イギリスにおけるポップアート運動の重要人物の一人で、その中でほぼ唯一といってもいい女性アーティストだった。彼女の絵画とコラージュはしばしば女性のセクシュアリティをテーマとして、「男の世界」に対する批判ともなっていた。ボティに関する日本語の情報は書籍の形でもネット上にもあまりないのだが、Pauline Boty で画像検索すると、この小説で言及されているいくつもの作品や写真を容易に目にすることができるだろう。

さて、国民投票から四か月後の十月に出版された『秋』だが、実はアリ・スミスは二十年ほど前から季節四部作を書くことを考えていたらしい。四部作はその後、『冬』が二〇一七年、『春』

が二〇一九年に刊行され、二〇二〇年の夏には『夏』も刊行が予定されている。これまでに出た三作はいずれも高く評価されており、一応、それぞれが独立した作品として読めるようになっているが、すべてに登場する人物がいたり（たとえばダニエル）、本作に登場するエリサベスの父親が『春』で明かされたりするなど、四部作としての仕掛けも充実しているので、訳者としてはできればこの四部作のすべてを日本語で紹介したいと考えている。

二〇一九年度に大阪大学大学院言語文化研究科の演習でともにこの作品を読み、さまざまな解釈や感想を聞かせてくれた石倉綾乃さん、牛島寿々佳さん、占部歩君、小倉永慈君、棄原辰哉君に感謝します。ありがとう。企画と編集にあたっては田畑茂樹さんに、事実確認などについては新潮社校閲部の方々にお世話になりました。毎度のことながら、自分の思い込みや誤解を思い知らされます。どうもありがとうございました。そしていつものように、訳者の日常を支えてくれるFさん、Iさん、S君にも感謝します。ありがとう。

二〇二〇年一月

木原善彦

Autumn

Ali Smith

秋《あき》

著者

アリ・スミス

訳者

木原善彦

発行

2020年3月25日

発行者　佐藤隆信

発行所　株式会社新潮社

〒162-8711 東京都新宿区矢来町71

電話 編集部 03-3266-5411

読者係 03-3266-5111

https://www.shinchosha.co.jp

印刷所

株式会社精興社

製本所

大口製本印刷株式会社

乱丁・落丁本は、ご面倒ですが小社読者係宛お送り下さい。

送料小社負担にてお取替えいたします。

価格はカバーに表示してあります。

ISBN978-4-10-590164-6 C0397

両方になる

How to Be Both
Ali Smith

アリ・スミス
木原善彦訳
十五世紀イタリアに生きたルネサンスの画家と、
母を失ったばかりの二十一世紀のイギリスの少女。
二人の物語は時空を超えて響き合い、再読すると――。
かつてない楽しさと驚きに満ちた長篇小説。

CREST BOOKS

オープン・シティ

Open City
Teju Cole

テジュ・コール
小磯洋光訳
ニューヨーク、ブリュッセル、そしてラゴス。
街の風景とざわめきが、移民たちの声と響き合いながら、
時代や場所を超えた大きな物語を描き始める——。
PEN／ヘミングウェイ賞ほか数々の賞に輝いた傑作長篇。

CREST BOOKS

いにしえの光

Ancient Light
John Banville

ジョン・バンヴィル
村松潔訳

若い人気女優と後を追う初老の俳優の、奇妙な逃避行。
男の脳裏によみがえる、少年時代の禁断の恋と、
命を絶った娘への思い。いくつかの曖昧な記憶は、
思いがけず新しい像を結ぶ――。ブッカー賞作家の最新作。

CREST BOOKS

ウォーターランド

Waterland
Graham Swift

グレアム・スウィフト
真野泰訳

土を踏みしめていたはずの足元に、ひたひたと
寄せる水の記憶――。イングランドの水郷フェンズを
舞台に、人の精神の地下風景を圧倒的筆力で描きだす、
ブッカー賞作家のもっとも危険な長篇小説。

CREST BOOKS

低地

The Lowland
Jhumpa Lahiri

ジュンパ・ラヒリ
小川高義訳

若くして命を落とした弟。その身重の妻をうけとめた兄。
着想から十六年。両親の故郷カルカッタと作家自身が
育ったロードアイランドを舞台とする波乱の家族史。
十年ぶり、期待を超える傑作長篇小説。

CREST BOOKS